古典詩歌研究彙刊

第三輯

龔鵬程 主編

第13冊

明三家畫題畫詩研究（下）

錢天善 著

國家圖書館出版品預行編目資料

明三家畫題畫詩研究（下）／錢天善 著 — 初版 — 台北縣永和市：花木蘭文化出版社，2008〔民 97〕

目 6+156 面；17×24 公分（古典詩歌研究彙刊 第三輯；第 13 冊）

ISBN 978-986-6831-90-4（精裝）

1.（明）沈周 2.（明）唐寅 3.（明）文徵明 4. 學術思想 5. 題畫詩 6. 詩評 7. 畫論

851.465 97000401

ISBN 978-986-6831-90-4

9 789866 831904

古典詩歌研究彙刊

第三輯 第十三冊 ISBN：978-986-6831-90-4

明三家畫題畫詩研究（下）

作　者 錢天善

主　編 龔鵬程

出　版 花木蘭文化出版社

發行所 花木蘭文化出版社

發行人 高小娟

聯絡地址 台北縣永和市中正路五九五號七樓之三

電話：02-2923-1455／傳眞：02-2923-1452

電子信箱 sut81518@ms59.hinet.net

初　版 2008 年 3 月

定　價 第三輯 20 冊（精裝）新台幣 28,000 元

明三家畫題畫詩研究（下）

錢天善 著

目次

下冊

圖版

圖 1：明·沈周《畫瓶中蠟梅》軸　台北故宮博物院藏	圖 2：明·唐寅《觀杏圖》軸 上海博物館藏
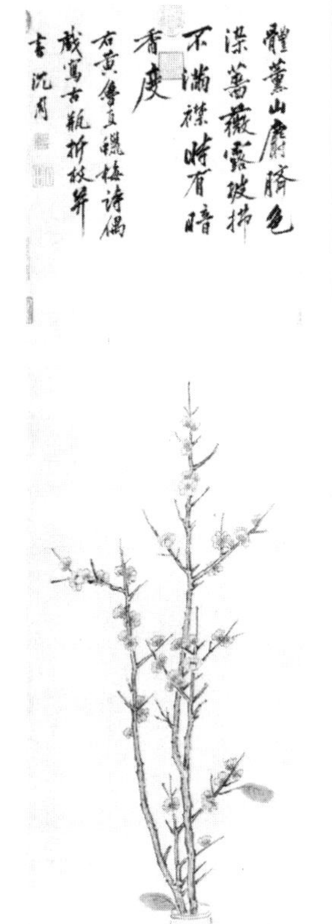	

圖 3：明・沈周《山水》扇　雲南省博物館藏

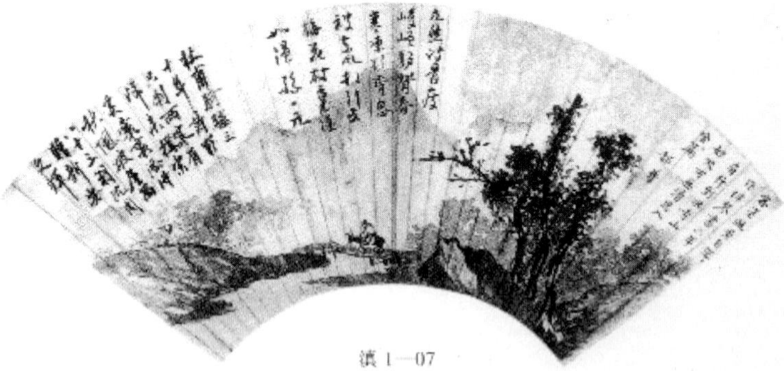

滇 1—07

圖 4：東漢・武梁祠畫像石《讒言三至慈母投杼》

圖 5：東漢・武梁祠畫像石《閔子騫與老萊子》

圖 6：東漢《君車畫像石》　常任俠藏拓本

圖 7：**北魏·屏風漆畫《列女古賢圖》**　山西省博物館藏

圖 8：東晉・顧愷之《女史箴圖》卷（部份）（唐摹本）絹本著色　英國大英博物館藏	圖　9：東晉・顧愷之《列女仁智圖》卷（部份）（宋摹本）絹本　淡設色　北京故宮博物院藏
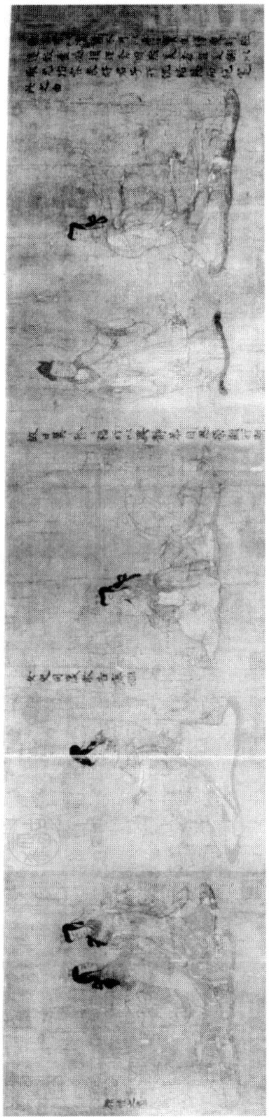	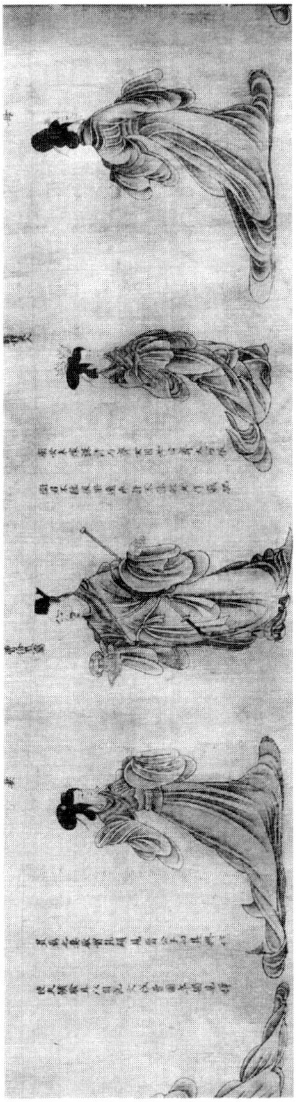

圖 10：東晉・顧愷之《洛神賦圖》卷　（宋摹本）遼寧省博物館藏	圖 11：梁・蕭繹《職貢圖》卷　（宋摹本）　北京中國歷史博物館藏
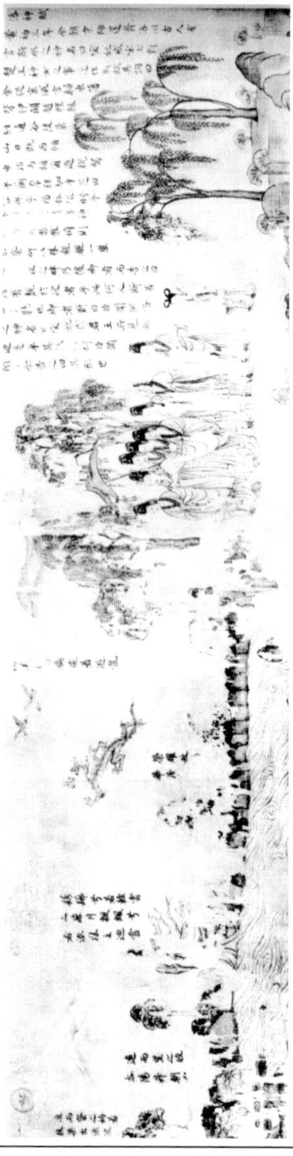	

圖 12：敦煌 148 窟西壁北側《駟馬車》壁畫（涅槃經變局部）

圖 13：唐代經卷殘片《阿彌陀經變》 浙江省博物館藏

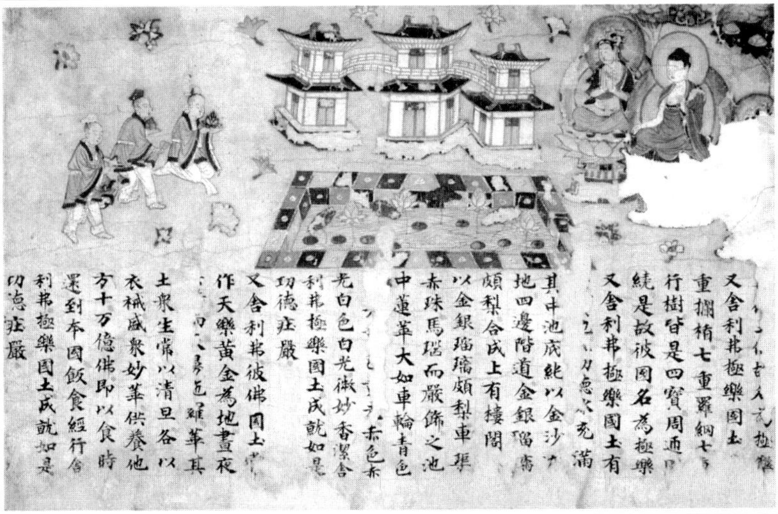

圖 14：唐・閻立本《歷代帝王圖》卷（宋摹本）美國波士頓美術館藏

圖 15：唐・閻立本《王會圖》卷真蹟（部份）台北故宮博物院藏

圖 16：唐・盧鴻《草堂十志圖》卷　第一圖　台北故宮博物院藏

圖 17：五代後蜀・黃荃《竹林鵓鴿圖》軸　台北故宮博物院藏

圖 18：北宋・趙宗漢《雁山敘別》軸　台北故宮博物院藏

圖 19：北宋・郭熙《早春圖》軸　台北故宮博物院藏

圖 20：北宋・米芾《岷山圖》軸　台北故宮博物院藏

圖 21：北宋・徽宗《文會圖》軸　台北故宮博物院藏

圖 22：北宋・徽宗《蠟梅山禽》軸　台北故宮博物院藏

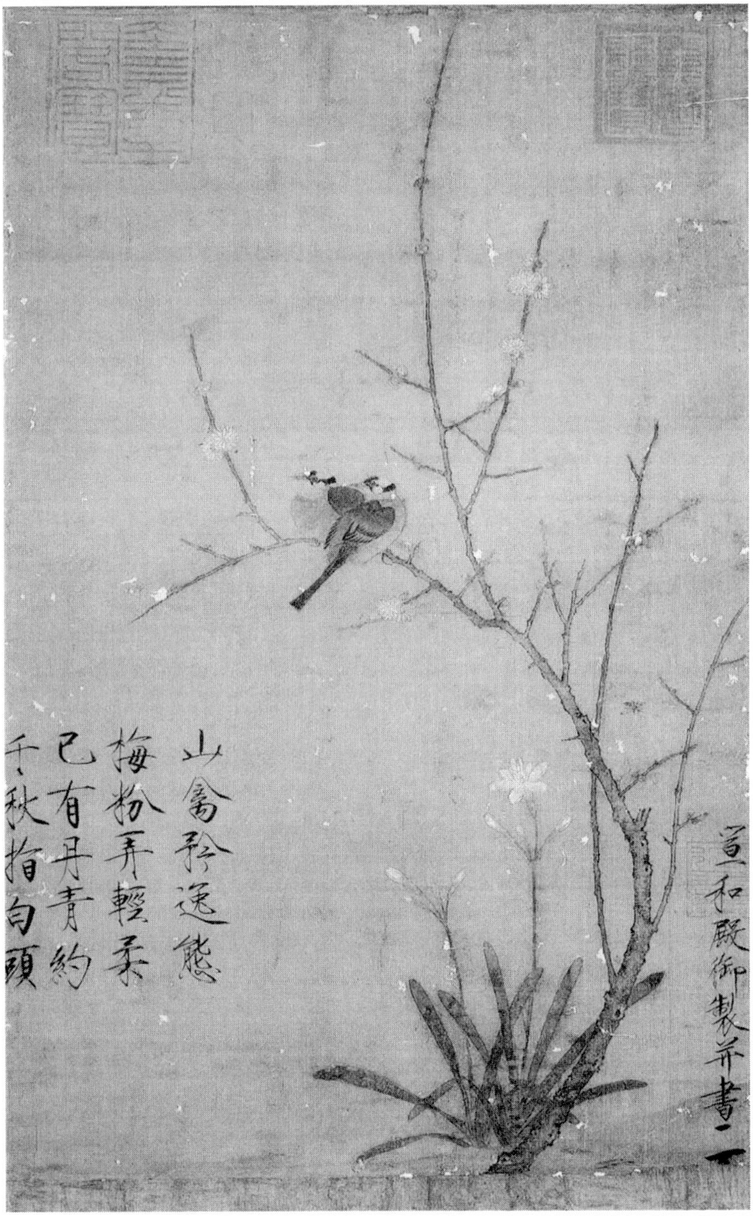
宣和殿御製并書
山禽矜逸態
梅粉弄輕柔
已有丹青約
千秋指白頭

圖 23：北宋・徽宗《犢牛圖》軸　台北故宮博物院藏

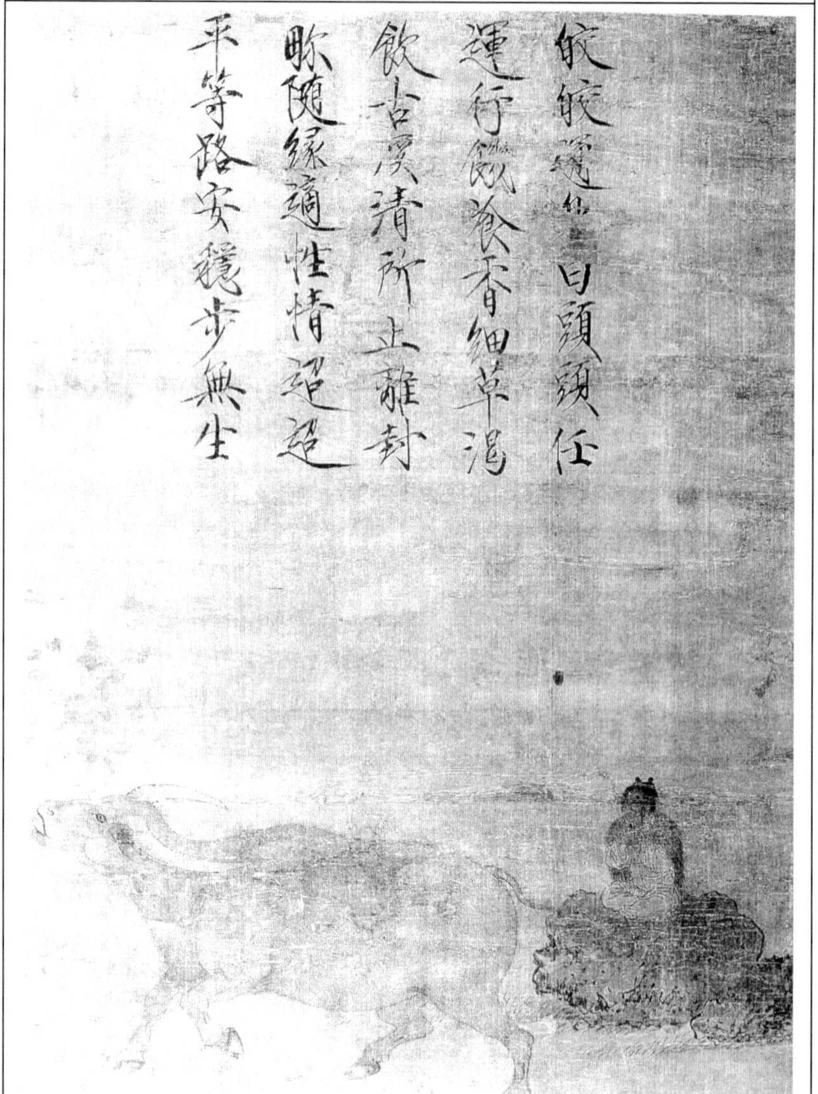

圖 24：北宋·徽宗《十八學士圖》卷（部份） 台北故宮博物院藏

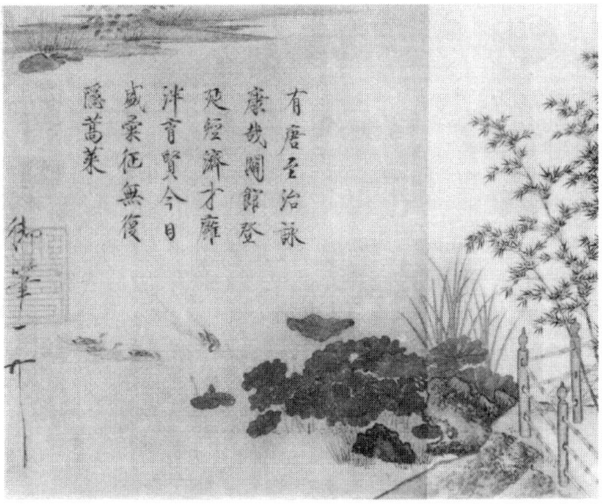

圖 25：南宋・陳容《霖雨圖》軸　台北故宮博物院藏

圖 26：南宋・錢選《秋瓜圖》軸　台北故宮博物院藏

圖 27：南宋・錢選《秋瓜圖》軸　台北故宮博物院藏

圖 28：南宋・錢選《煙江待渡圖》卷（部份） 台北故宮博物院藏

圖 29：南宋・錢選《牡丹》卷（部份）　台北故宮博物院藏

圖 30：南宋‧錢選《錦灰堆》卷（部份）　台北故宮博物院藏

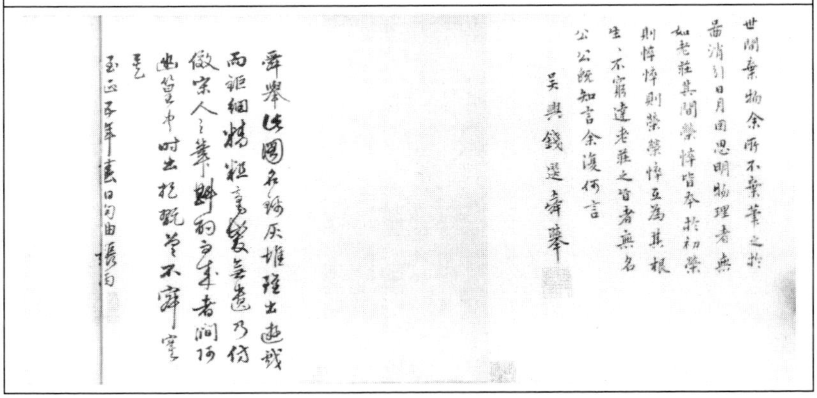

圖 31：南宋・錢選《七賢圖》卷（部份）　台北故宮博物院藏

圖 32：南宋・錢選《忠孝圖》卷（部份）　台北故宮博物院藏

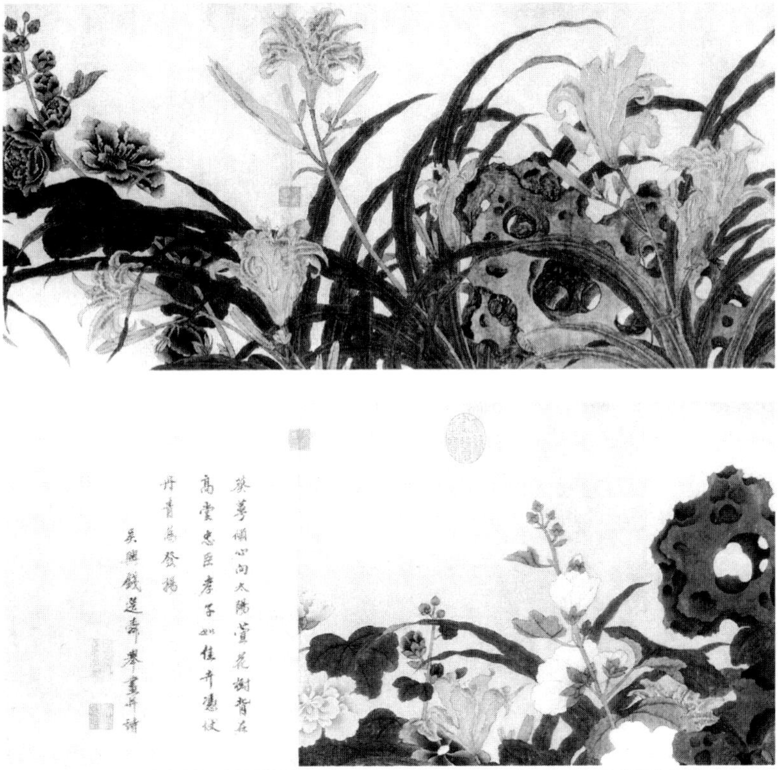

圖 33：南宋・錢選《文殊洗象圖》卷　台北故宮博物院藏

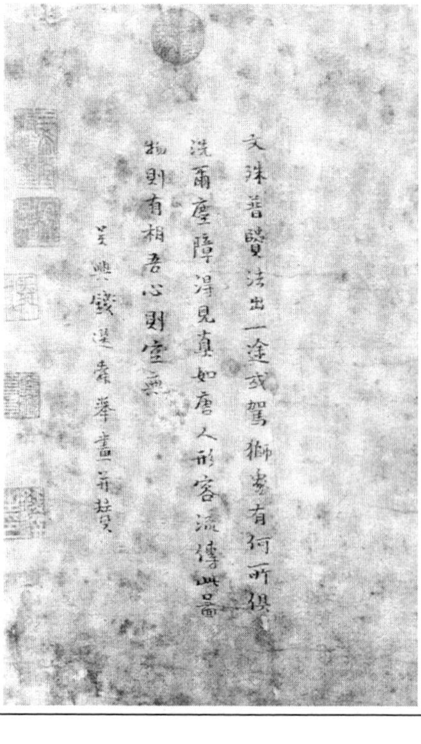
文殊普賢法出一途或駕獅象有何所得
洗爾塵障得見真如唐人形容流傳此畫
物則有相吾心則空無
吴興錢選舜擧畫并讚

圖 34：南宋・李唐《萬壑松風圖》軸　台北故宮博物院藏

圖 35：北宋・劉永年《商岩熙樂》軸　台北故宮博物院藏

圖 36：南宋・馬遠《山徑春行》冊　台北故宮博物院藏

圖 37：南宋・馬麟《暮雪寒禽》冊　台北故宮博物院藏

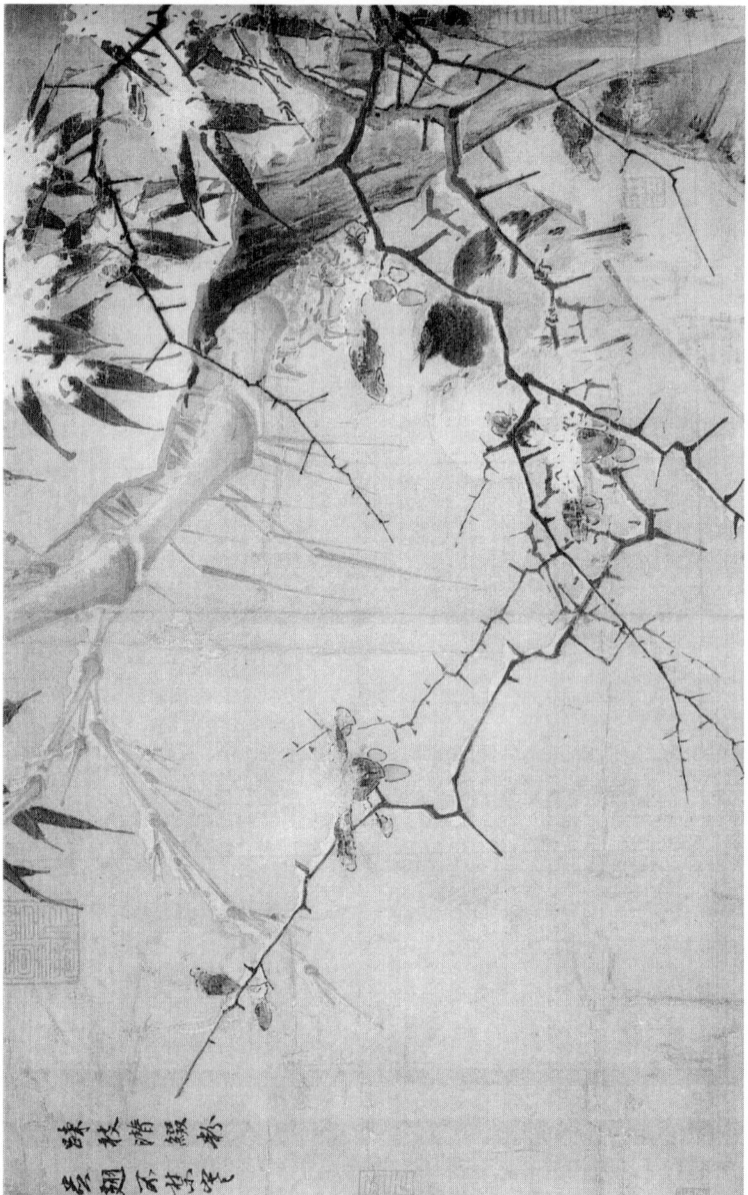

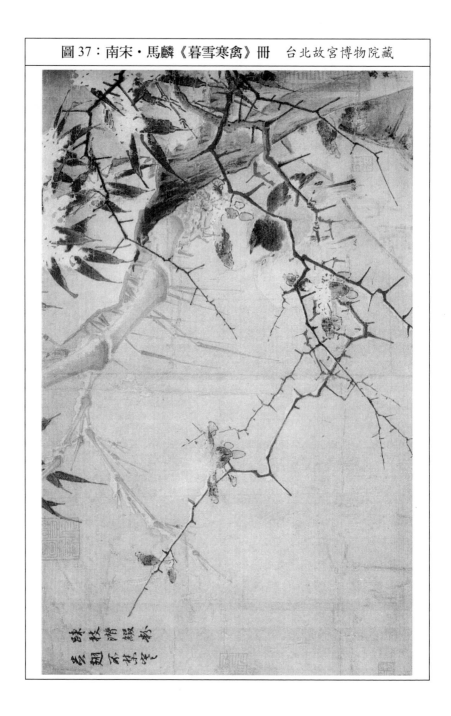

圖 38：南宋・馬遠《竹鶴》軸　台北故宮博物院藏

圖 39：宋人《桃花》冊　台北故宮博物院藏

圖 40：南宋・馬麟《靜聽松風圖》軸　台北故宮博物院藏

圖 41：北宋・李成《寒林圖》軸　台北故宮博物院藏

圖 42：北宋・徽宗《瑞鶴圖》卷　北京故宮博物院藏

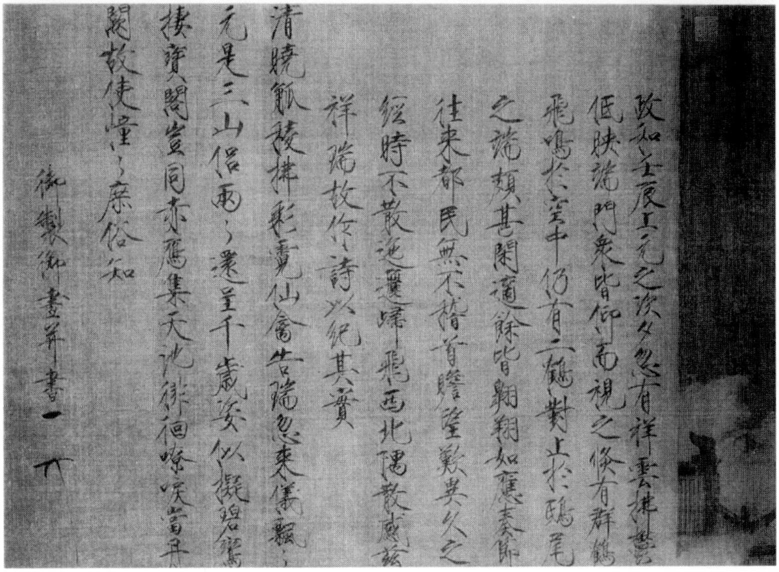
政和壬辰上元之次夕忽有祥雲拂鬱
低映端門衆皆仰而視之倏有群鶴
飛鳴於空中仍有二鶴對止於鴟尾
之端頗甚閑適餘皆翱翔如應奏節
往來都民無不稽首瞻望歎異久之
經時不散迤邐歸飛西北隅散感茲
祥瑞故作詩以紀其實
清曉觚稜拂彩霓仙禽告瑞忽來儀飄〻
元是三山侶兩〻還呈千歲姿似擬碧鸞
棲寶閣豈同赤雁集天池徘徊嘹唳當丹
闕故使憧〻庶俗知
御製御畫并書

圖 43：北宋・徽宗《芙蓉錦雞圖》軸　北京故宮博物院藏

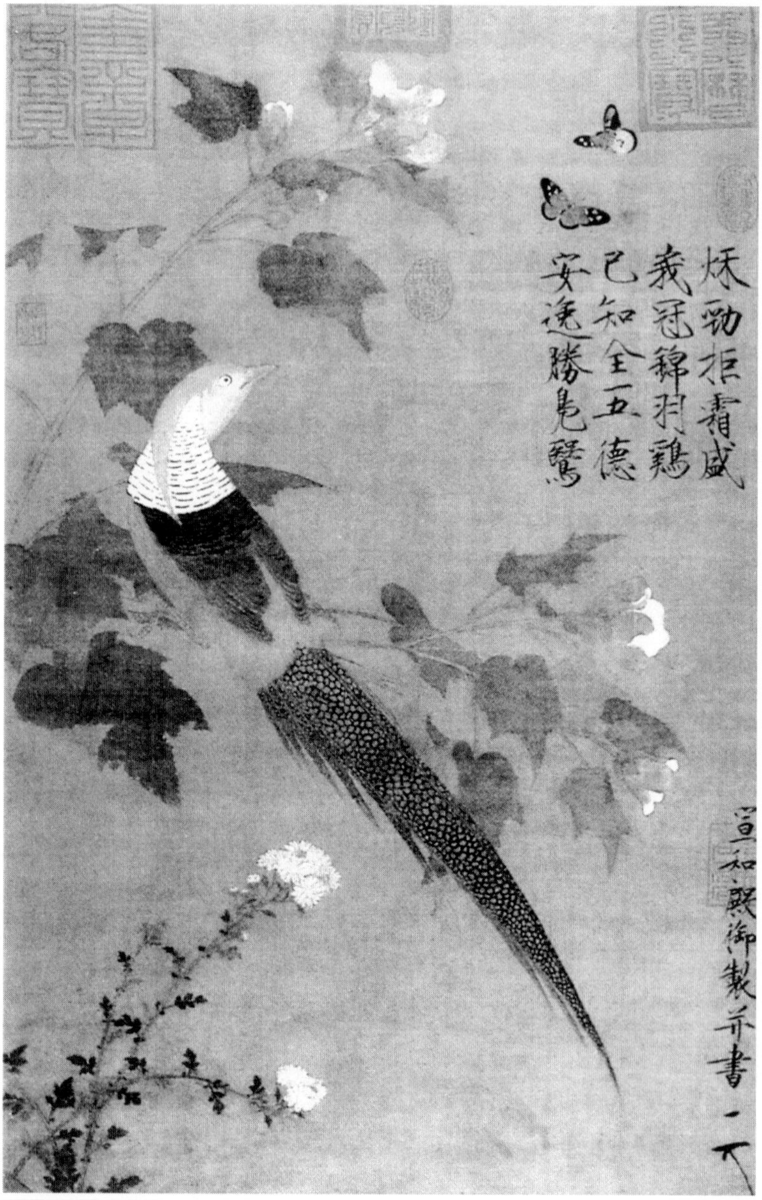
秋勁拒霜盛
峨冠錦羽雞
已知全五德
安逸勝鳧鷖
宣和殿御製并書

圖 44：北宋・徽宗《聽琴圖》軸　北京故宮博物院藏

圖 45：北宋・徽宗《花鳥》軸　台北故宮博物院藏

圖46：南宋・馬遠《踏歌圖》軸　北京故宮博物院藏

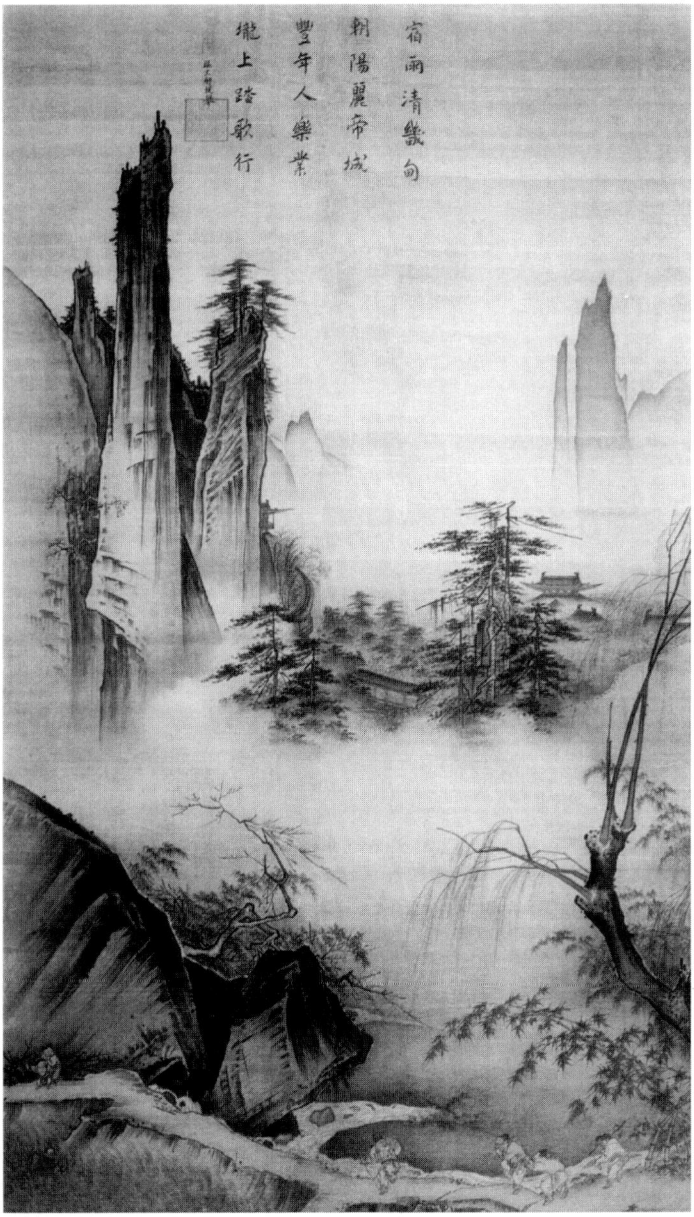
宿雨清畿甸
朝陽麗帝城
豐年人樂業
壠上踏歌行

圖 47：南宋・馬麟《層疊冰綃圖》軸　北京故宮博物院藏

渾如冷蝶宿花房
擁抱檀心憶舊香
開到寒梢尤可愛
此般必是漢宮粧
層疊冰綃

圖 48：南宋・若芬《遠浦帆歸圖》卷　日本德川黎明會藏

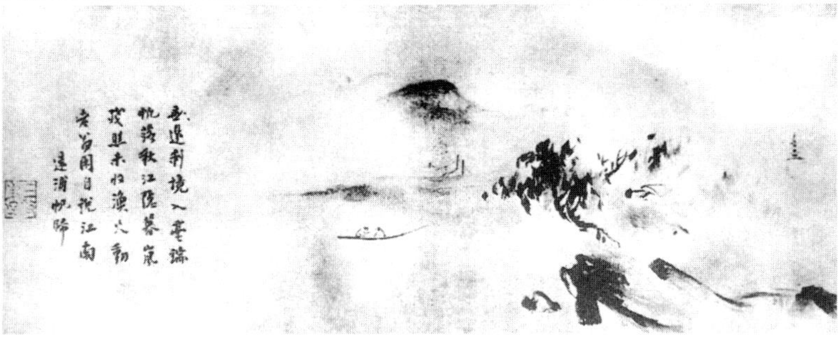

圖 49：南宋・陳容《雲龍圖》軸　廣東省博物館藏

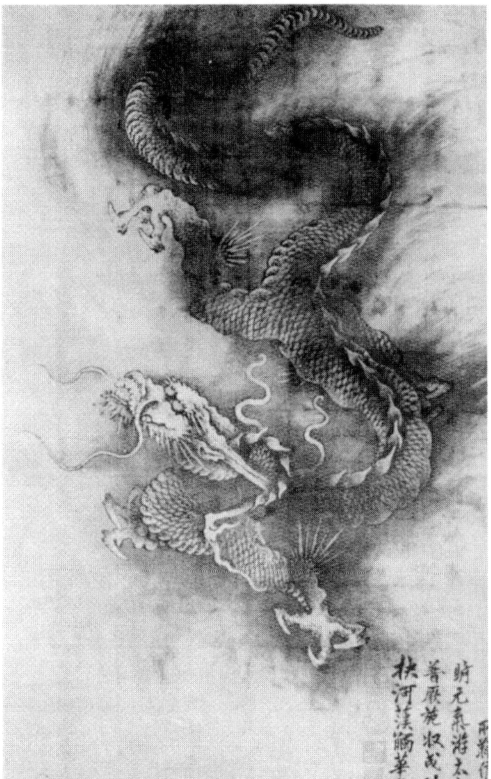

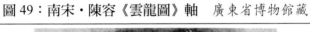

圖 50：南宋・宋伯仁《梅花喜神譜》〈龍爪〉圖　南宋理宗景定二年金華双桂堂重鋟本　上海博物館藏

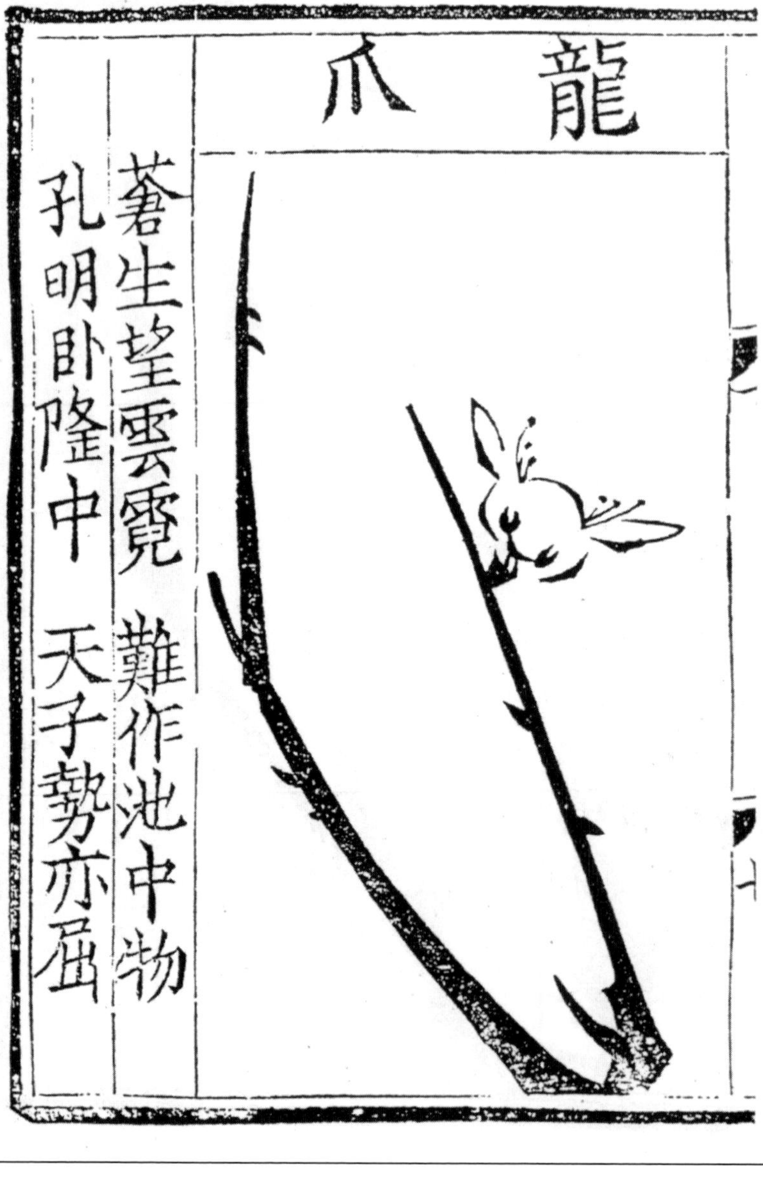

圖 51：元・趙孟頫《萬柳堂圖》軸　台北故宮博物院藏

圖 52：元・吳鎮《漁父圖》軸　台北故宮博物院藏

圖 53：元・吳鎮《竹石》軸　台北故宮博物院藏

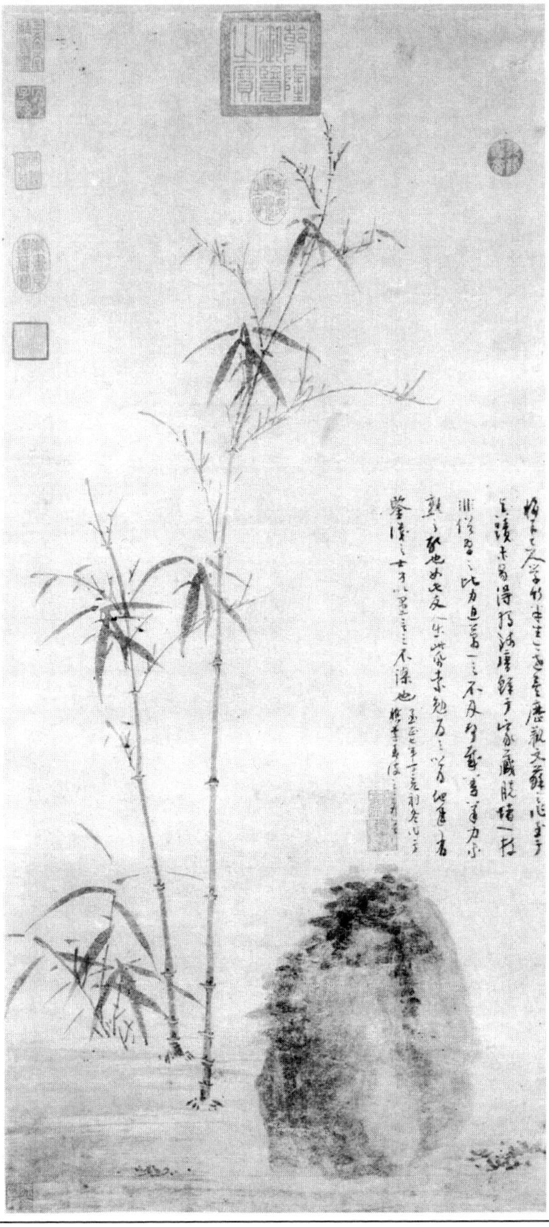

圖 54：元・倪瓚《古木竹石》軸　台北故宮博物院藏

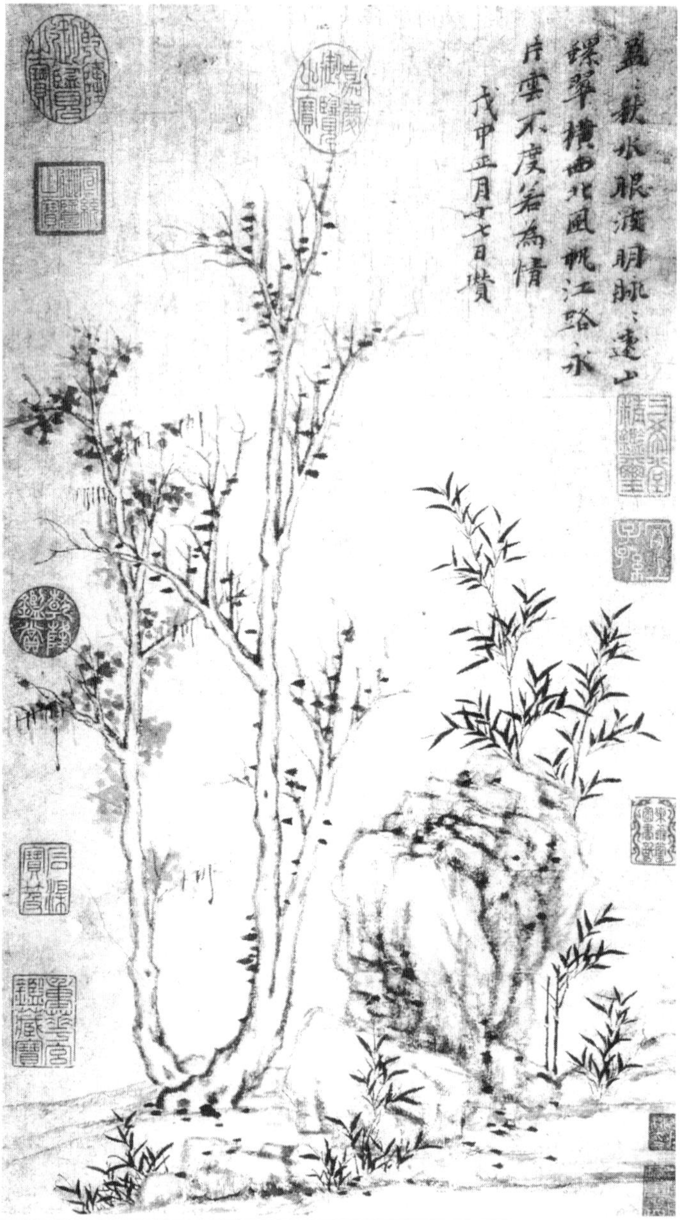

圖 55：元・倪瓚《水竹居圖》軸　台北故宮博物院藏

圖 56：元・倪瓚《江岸望山圖》軸　台北故宮博物院藏

圖 57：明・沈周《雞》軸　台北故宮博物院藏

圖 58：明．沈周《蒼厓高話圖》軸　台北故宮博物院藏

圖 59：明・沈周《春華畫錦》軸　台北故宮博物院藏

圖 60：明・唐寅《溪山漁隱》卷（部份）　台北故宮博物院藏

圖 61：明・唐寅《山路松聲》軸　台北故宮博物院藏

女几山前野路橫松聲偏解合泉聲試從
靜裏閑傾耳便覺沖然道氣生
治下唐寅畫呈
李父母大人先生

圖 62：明・唐寅《蘆汀繫艇》軸　台北故宮博物院藏

圖 63：明・唐寅《野芳介石》冊　台北故宮博物院藏

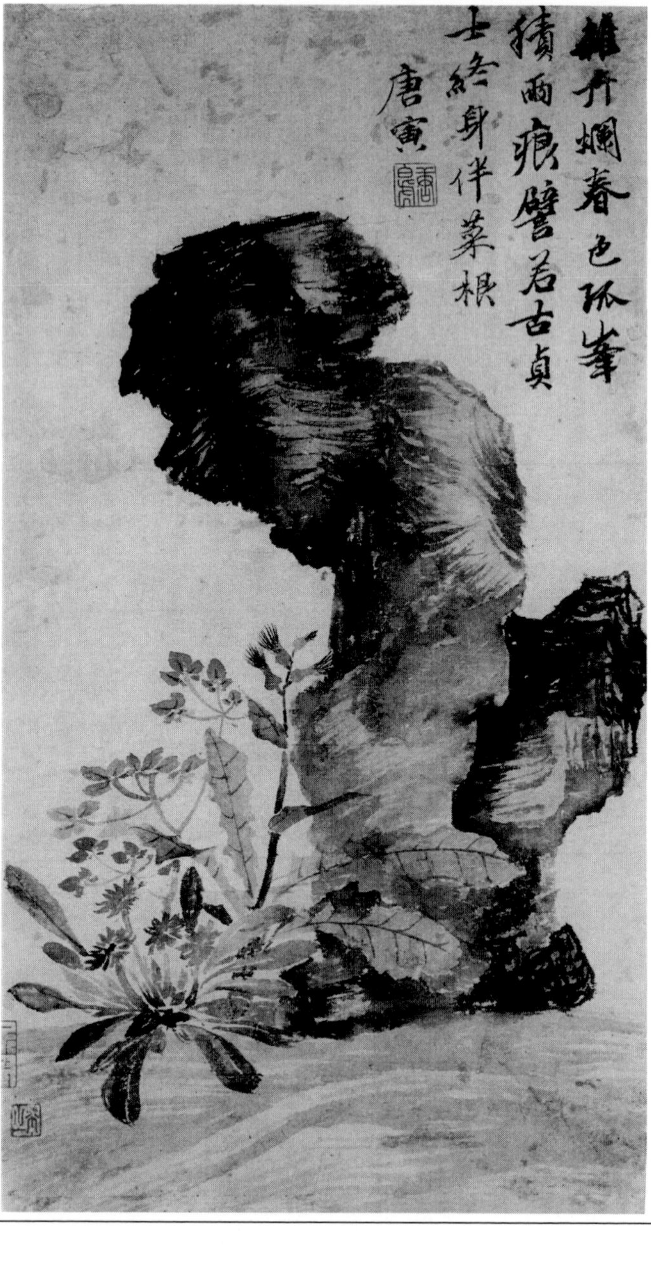
雜卉爛春色孤峰積雨痕譬若古貞士終身伴菜根
唐寅

圖 64：明・沈周《雨意》軸　台北故宮博物院藏

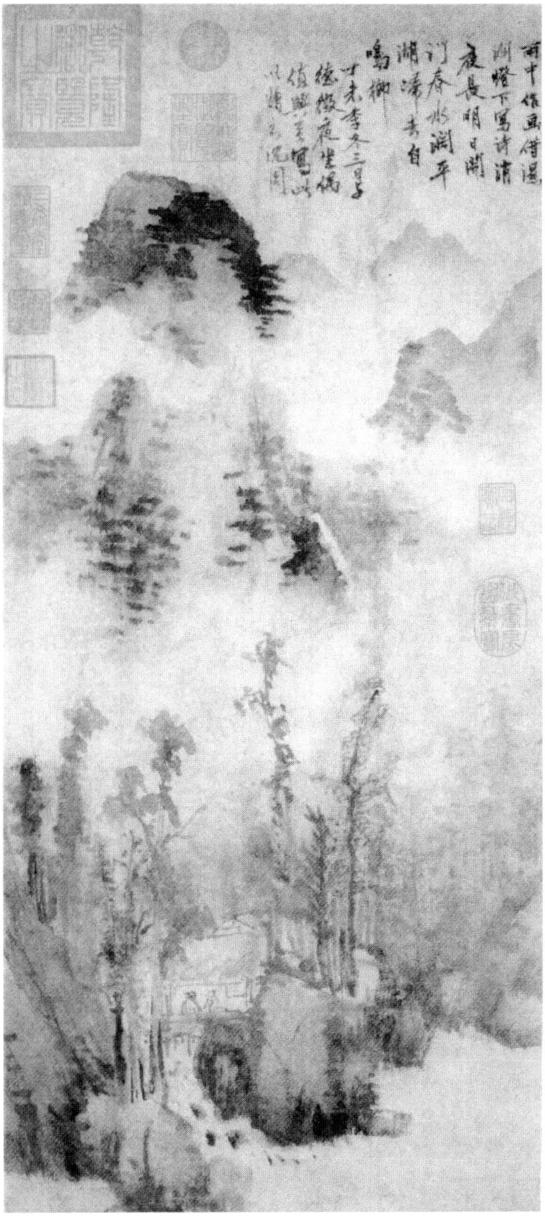

圖 65：明・沈周《聚塢楊梅圖》軸　安徽省博物館藏

圖 66：明・沈周《牡丹》軸　北京故宮博物院藏

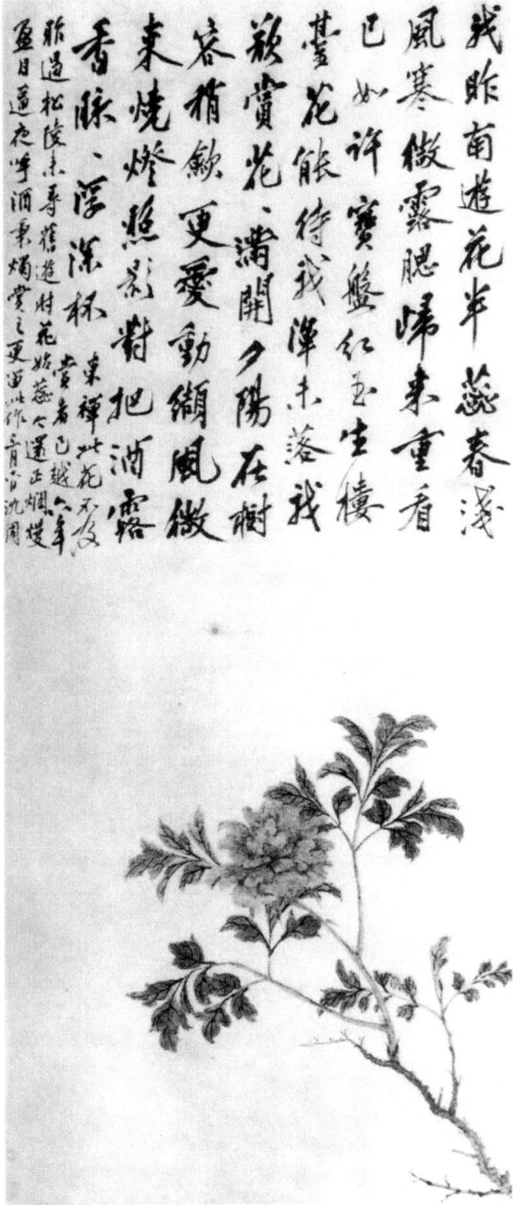

圖 67：明・文徵明《雨晴紀事圖》軸　北京故宮博物院藏

圖 68：明・沈周《參天特秀》軸　台北故宮博物院藏

圖 69：明・沈周《廬山高》軸　台北故宮博物院藏

圖 70：明・沈周《倣倪瓚筆意》軸　台北故宮博物院藏

圖 71：明・唐寅《震澤煙樹》軸　台北故宮博物院藏

圖 72：明・沈周《白頭長春圖》軸　台北故宮博物院藏

圖 73：明・沈周《芝鶴圖》軸　台北故宮博物院藏

圖 74：明・沈周《春雲疊嶂圖》軸　北京故宮博物院藏

圖 75：明・唐寅《枯木寒鴉圖》扇　北京故宮博物院藏

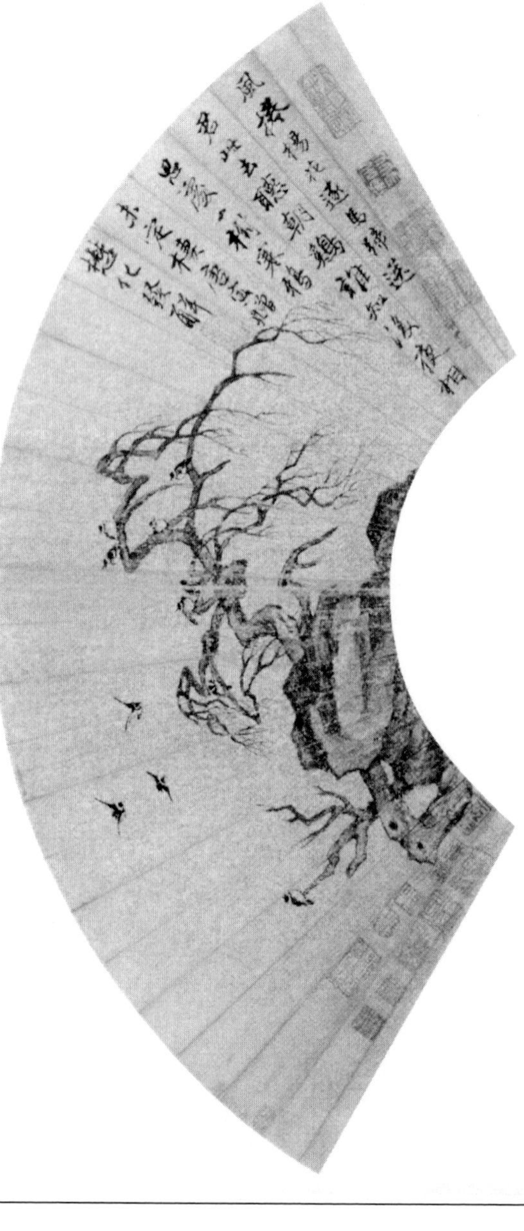

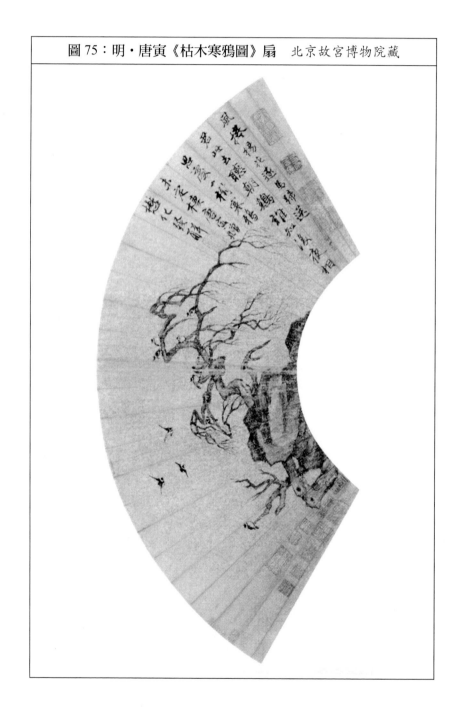

圖 76：明・文徵明《永錫難老圖》卷　北京故宮博物院藏

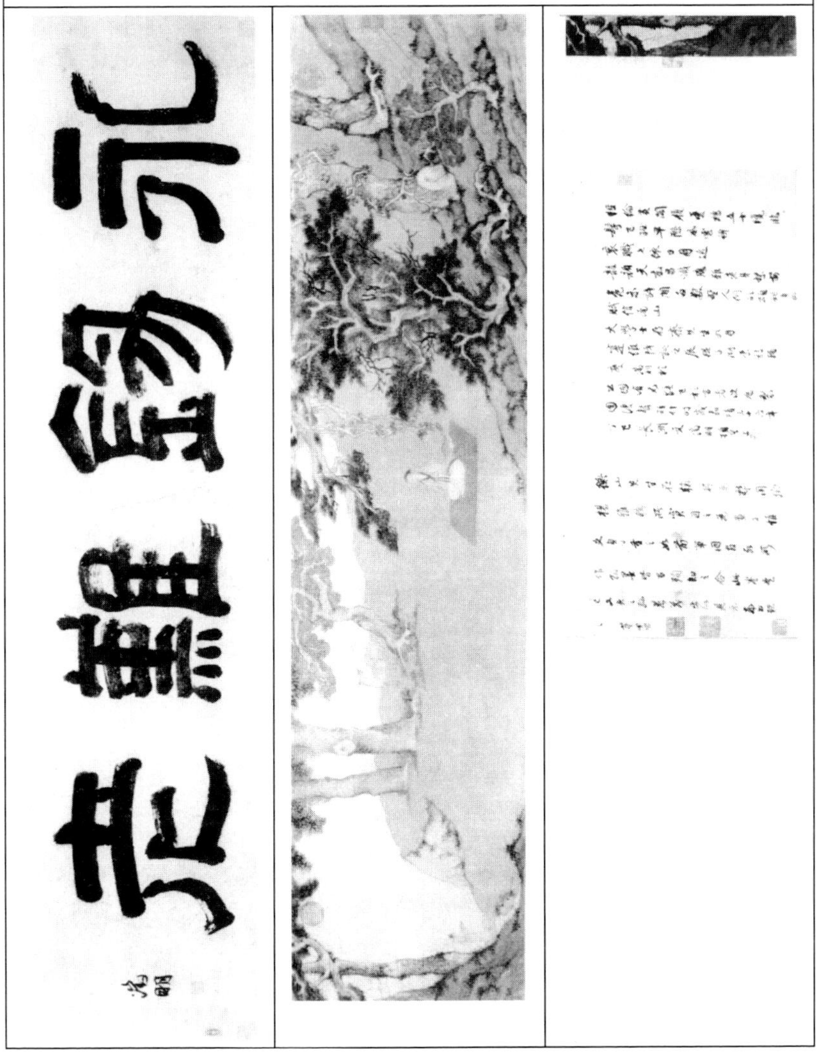

圖 77：明・文徵明《雨餘春樹》軸　台北故宮博物院藏

圖 78：明・文徵明《綠陰草堂圖》軸　台北故宮博物院藏

圖 79：明・文徵明《影翠軒圖》軸　王雪艇先生續存台北故宮博物院

圖 80：明・沈周《崇山修竹》軸 台北故宮博物院藏	圖 81：明・沈周《汲泉煮茗圖》 軸　台北故宮博物院藏

圖 82：明・沈周《草庵圖》卷（部份） 上海博物館藏

圖 83：明・沈周《野翁莊圖》卷（部份）　上海博物館藏

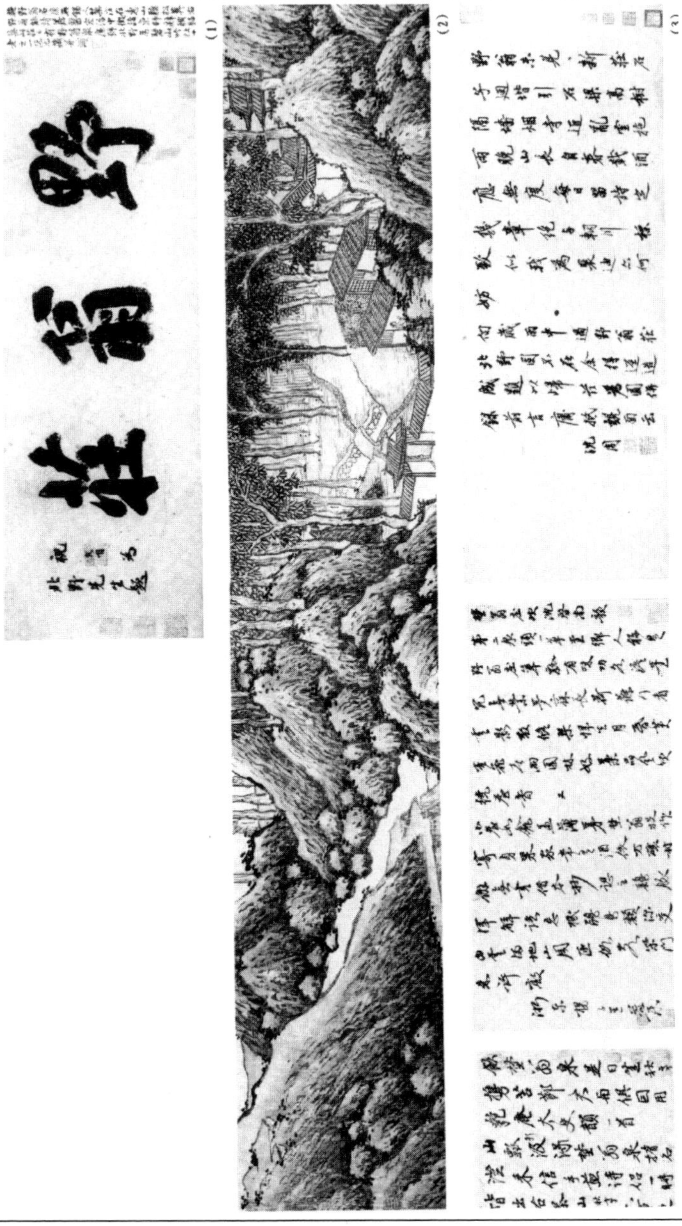

圖 84：明・沈周《落花圖并詩》卷（部份）　台北故宮博物院藏

圖 85：明・文徵明《楷書落花詩并圖》扇　廣西壯族自治區博物館藏

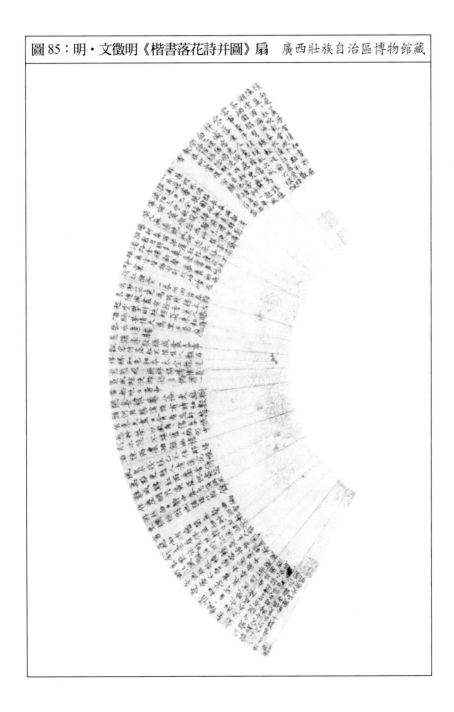

圖 86：明・唐寅《桃花詩畫》軸　民間收藏

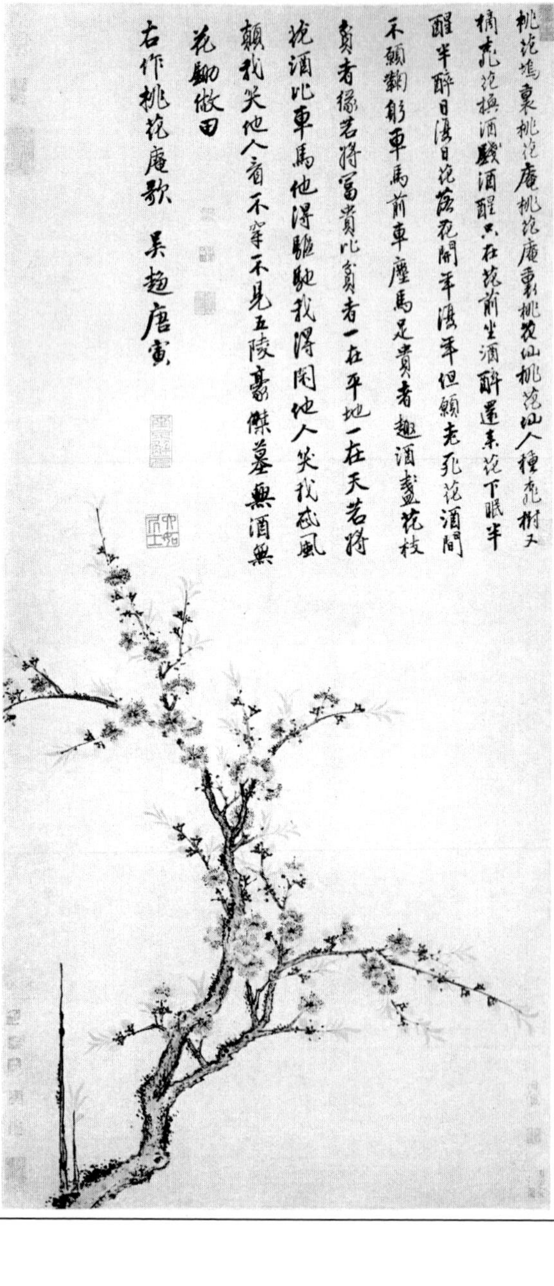
桃花塢裏桃花庵桃花庵裏桃花仙桃花仙人種桃樹又
摘桃花換酒錢酒醒只在花前坐酒醉還來花下眠半
醒半醉日復日花落花開年復年但願老死花酒間
不願鞠躬車馬前車塵馬足貴者趣酒盞花枝
貧者緣若將富貴比貧者一在平地一在天若將
花酒比車馬他得驅馳我得閑他人笑我忒風
顛我笑他人看不穿不見五陵豪傑墓無酒無
花鋤作田
右作桃花庵歌　吳趨唐寅

圖 87：明・文徵明《茶事圖》軸　台北故宮博物院藏

圖 88：明・文徵明《堯峰十景詩畫》卷（部份）台北故宮博物院藏

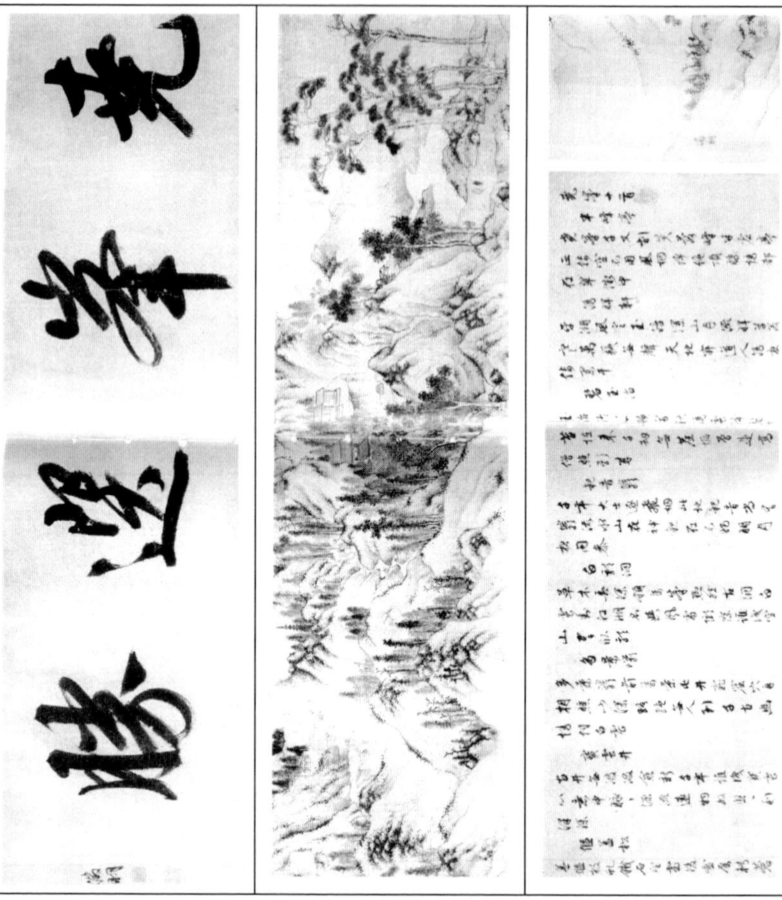

圖 89：明・沈周《泛舟訪友圖》卷　上海博物館藏

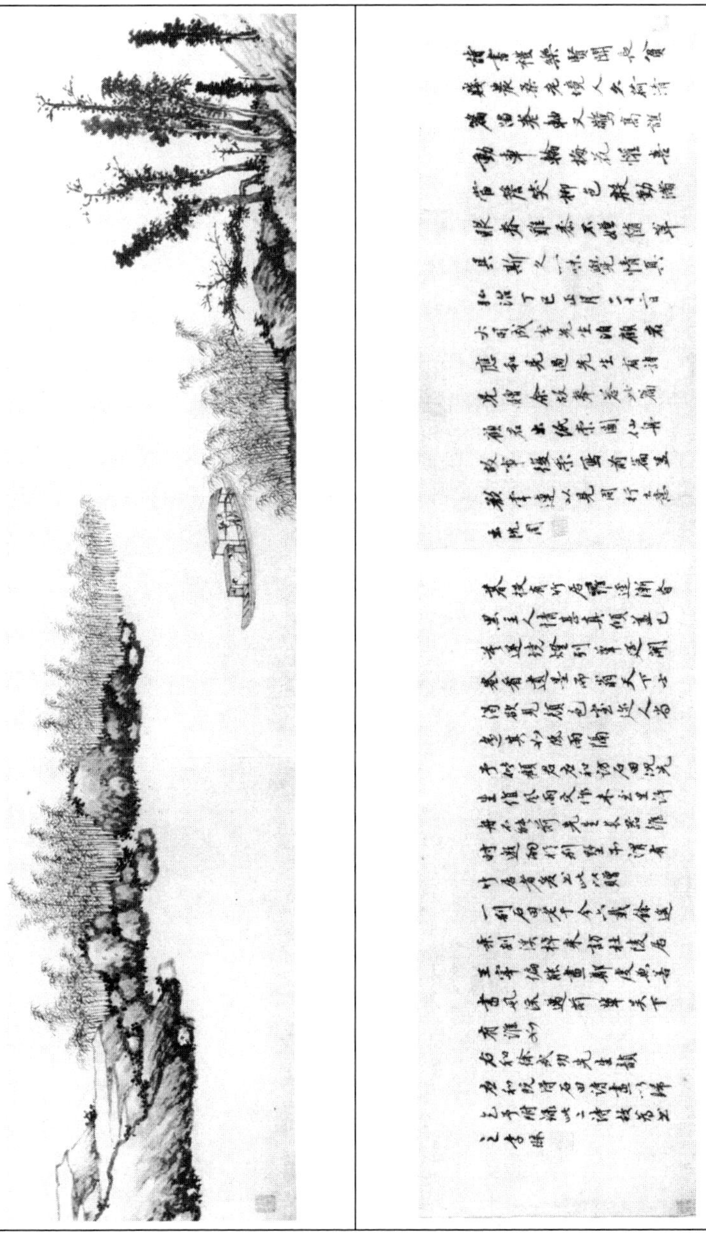

圖 90：明・唐寅《坐臨溪閣》卷（部份） 台北故宮博物院藏

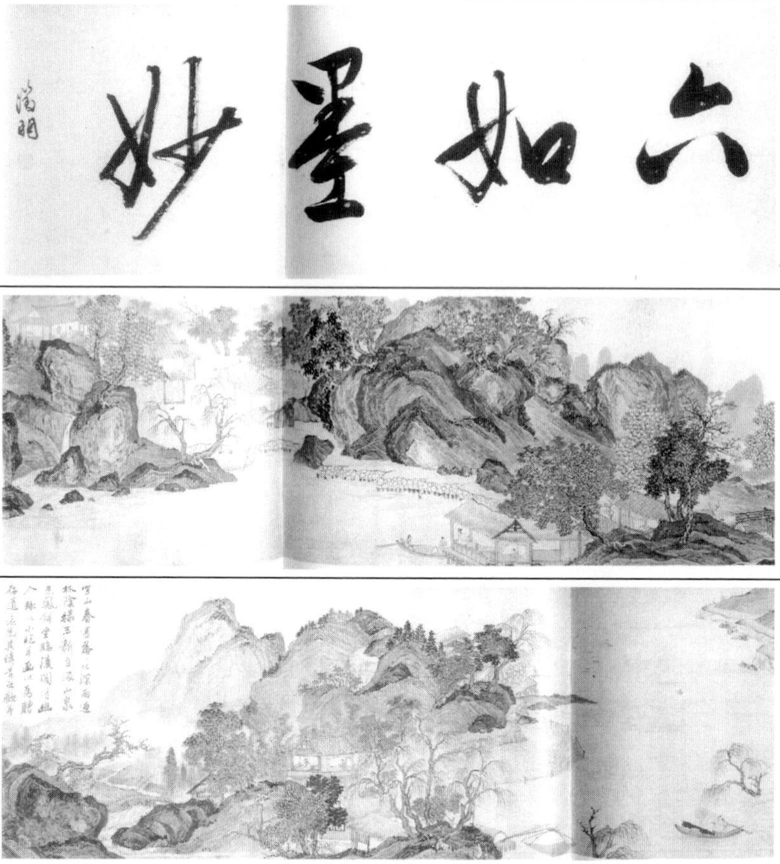

圖 91：明‧唐寅《西洲話舊圖》軸　台北故宮博物院藏

醉舞狂歌五十年花中行樂
月中眠漫勞海內傳名字誰
信腰間沒酒錢書本自慚
稱學者衆人疑道是神仙
些須做得工夫處不損胷前
一片天　與西洲別幾三十年
偶爾見過因書鄙作并
圖請教病中殊無佳
興草草見意而已
友生唐寅

圖 92：明・沈周《名賢雅集圖》軸　台北故宮博物院藏	圖 93：明・沈周《魏園雅集圖》軸　遼寧省博物館藏

圖 94：明・沈周《瓶荷圖》軸　天津市歷史博物館藏

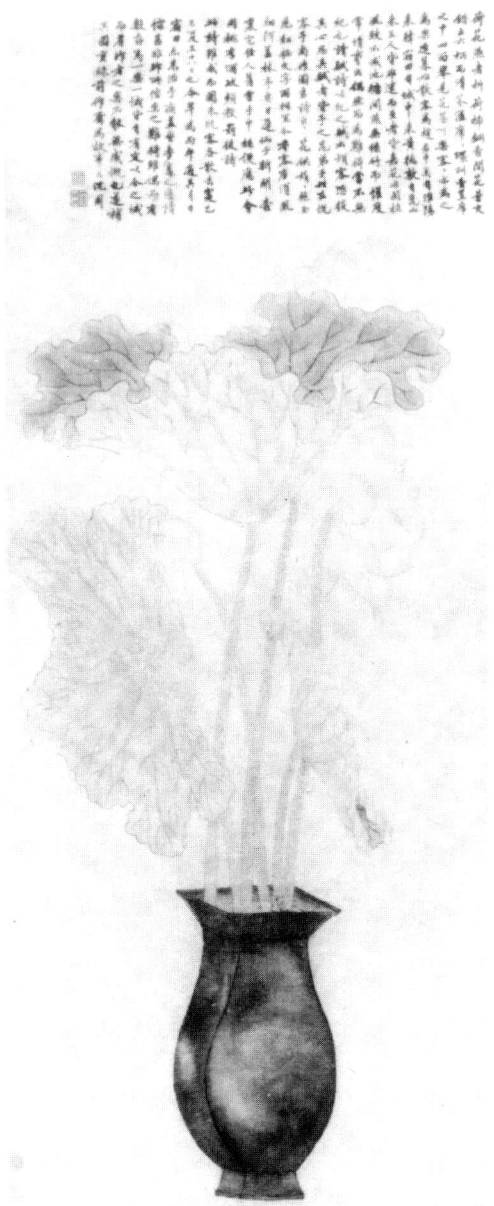

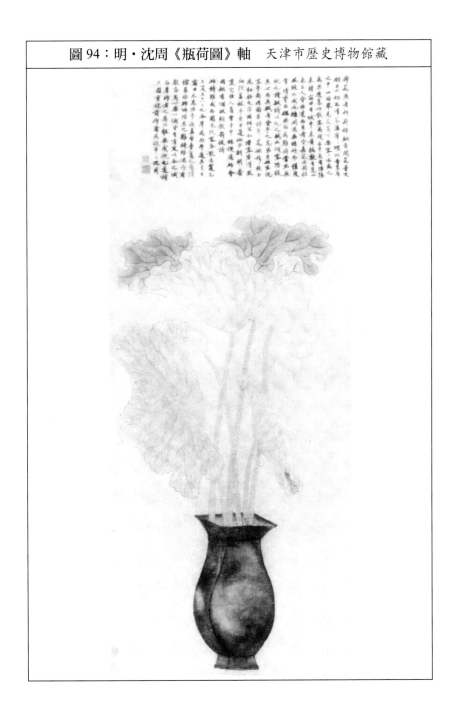

圖 95：明・沈周《京口送別圖》卷　上海博物館藏

(1)

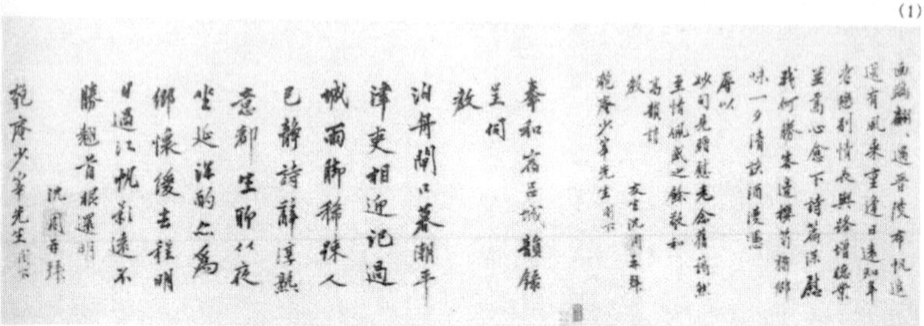

(2)

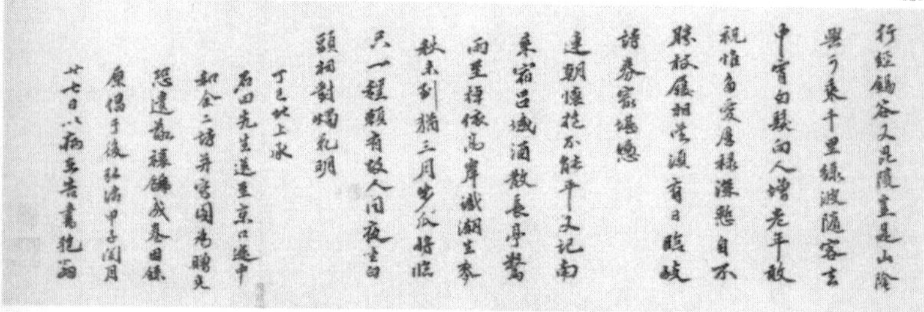

(3)

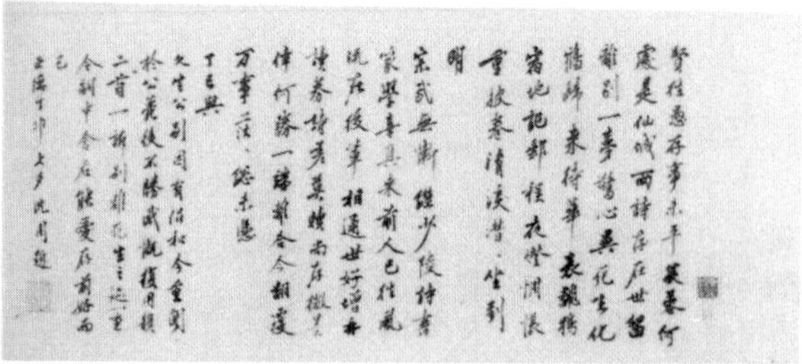

圖96：明・唐寅《貞壽堂圖》卷（部份）　北京故宮博物院藏

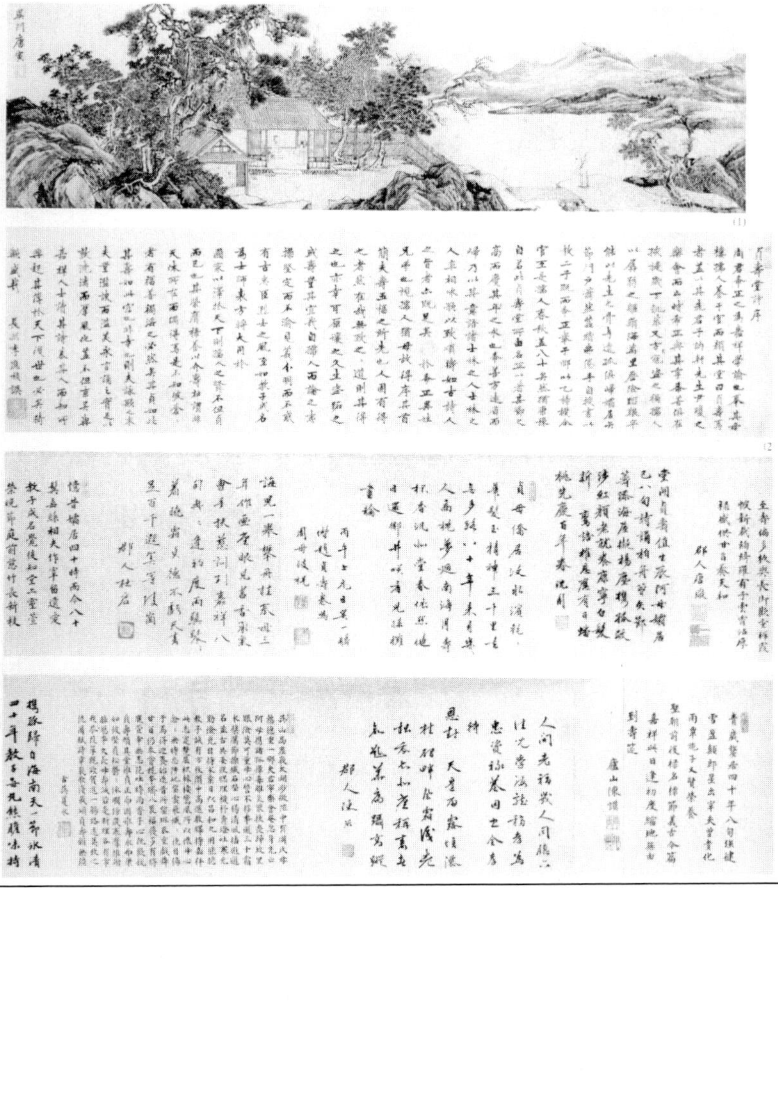

圖 97：明・沈周《山水》軸　台北故宮博物院藏

圖 98：明・唐寅《春游女几山圖》軸　上海博物館藏

圖 99：明・唐寅《松林揚鞭圖》軸　遼寧省旅順博物館藏

圖 100：北宋・米芾《珊瑚帖》　北京故宮博物院藏

圖 101：明・沈周《荔柿圖》軸　北京故宮博物院藏

圖 102：明・唐寅《墨竹圖》扇　上海博物館藏

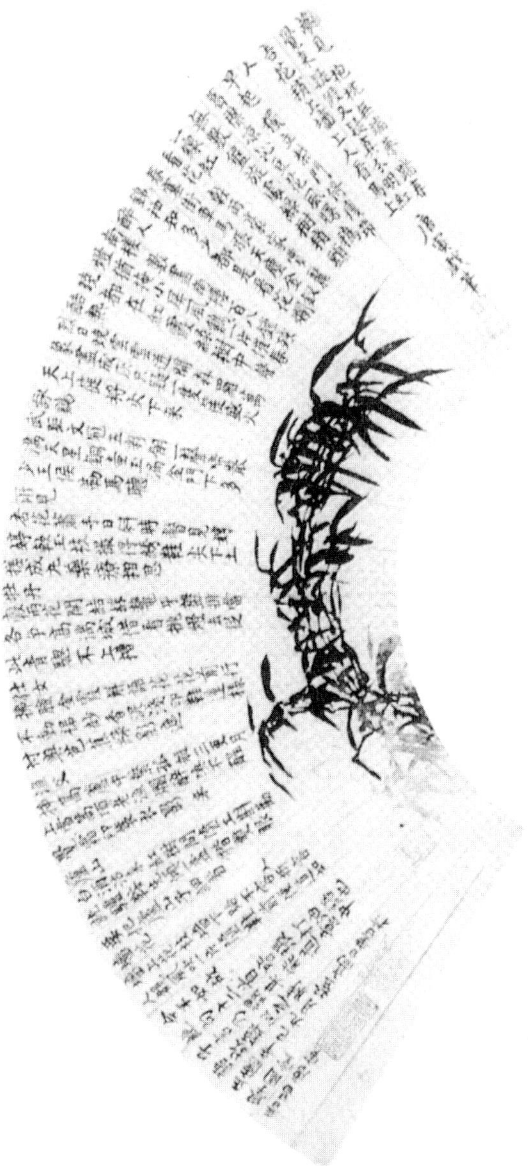

圖 103：明・唐寅《雙松飛瀑圖》軸　台北故宮博物院藏	圖 104：明・文徵明《雲山圖》軸　上海博物館藏

圖 105：明・沈周《山水扇面》　民間收藏

圖 106：明・沈周《花下睡鵝》軸　台北故宮博物院藏

圖 107：明・沈周《墨菜辛夷圖》卷　北京故宮博物院藏

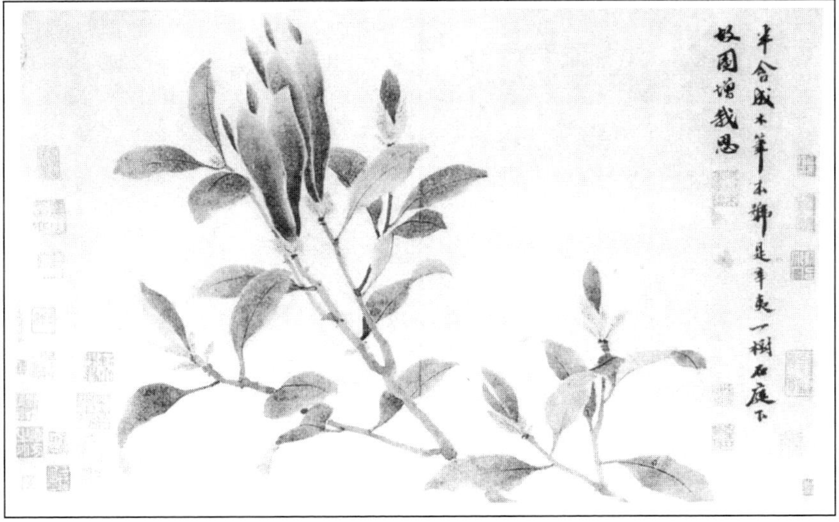

圖 108：明・沈周《芝蘭玉樹》軸　台北故宮博物院藏

圖 109：明・沈周《雪景》軸　台北故宮博物院藏

圖 110：明・唐寅《王鏊出山圖》卷（部份）　北京故宮博物院藏

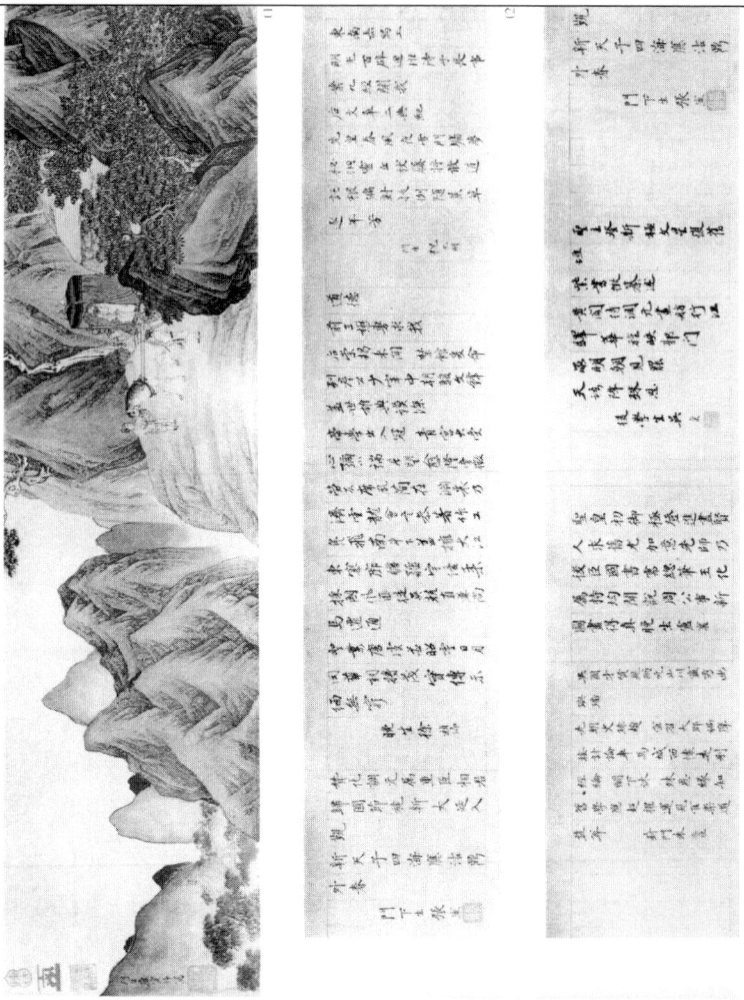

圖 111：明・沈周《折桂圖》軸　上海博物館藏

圖 112：明・沈周《松石圖》軸　北京故宮博物院藏

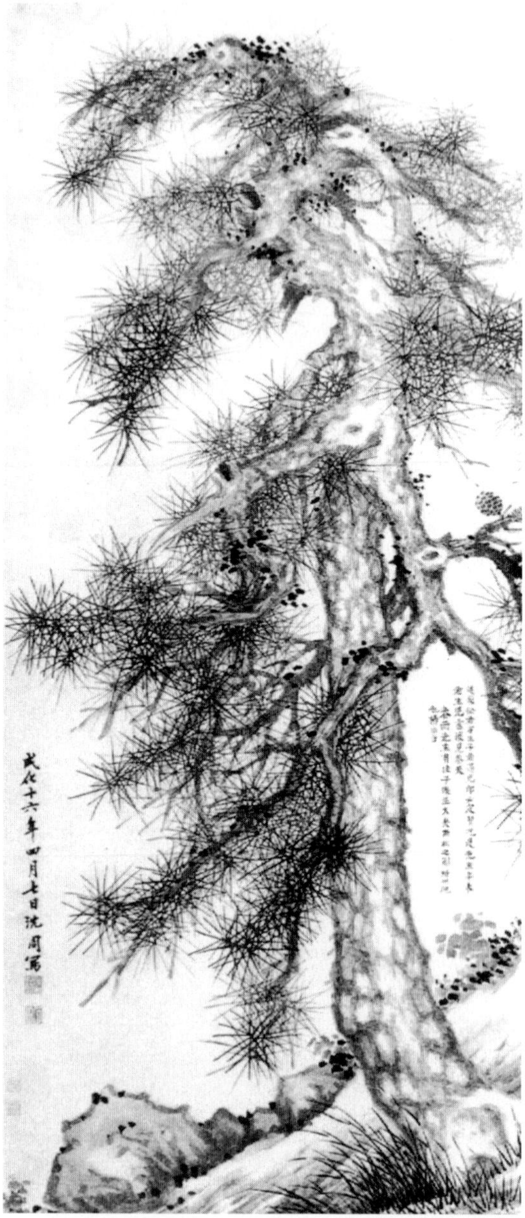

圖 113：明・沈周《仿房山山水》軸（王雪艇先生續存）台北故宮博物院

圖 114：明・唐寅《山居圖》扇　上海博物館藏

圖 115：明・沈周《策杖圖》軸　台北故宮博物院藏

圖 116：明・沈周《抱琴圖》軸　台北故宮博物院藏

圖 117：明・唐寅《松蔭高士》扇　台北故宮博物院藏

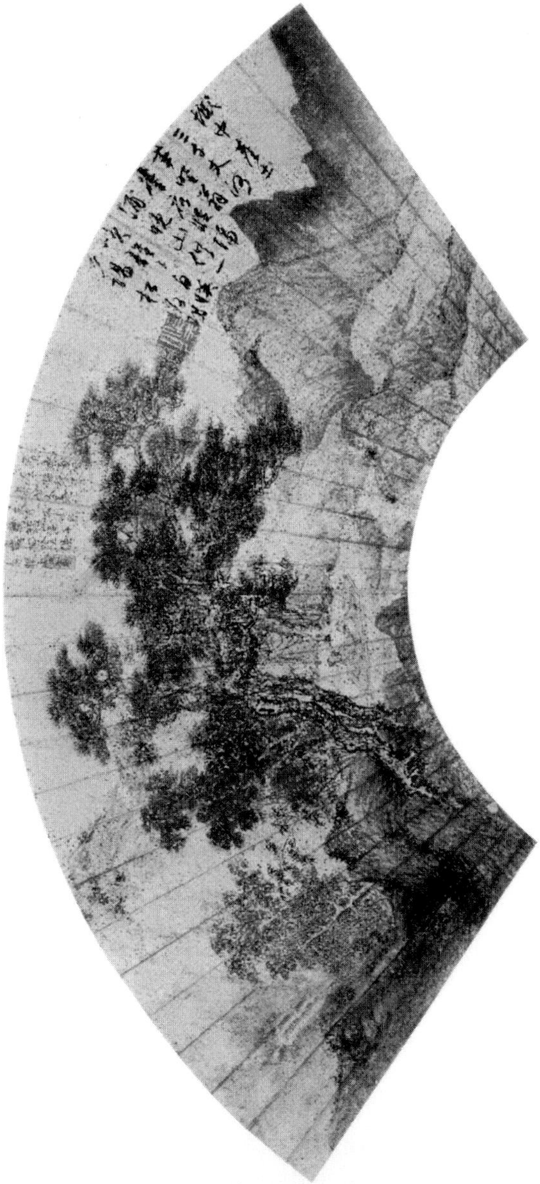

圖 118：明・文徵明《溪山秋霽圖》軸　台北故宮博物院藏

圖 119：明・唐寅《倣唐人仕女》軸　台北故宮博物院藏

圖 120：明・唐寅《畫班姬團扇》軸　台北故宮博物院藏

圖 121：明·唐寅《秋風紈扇圖》軸　上海博物館藏

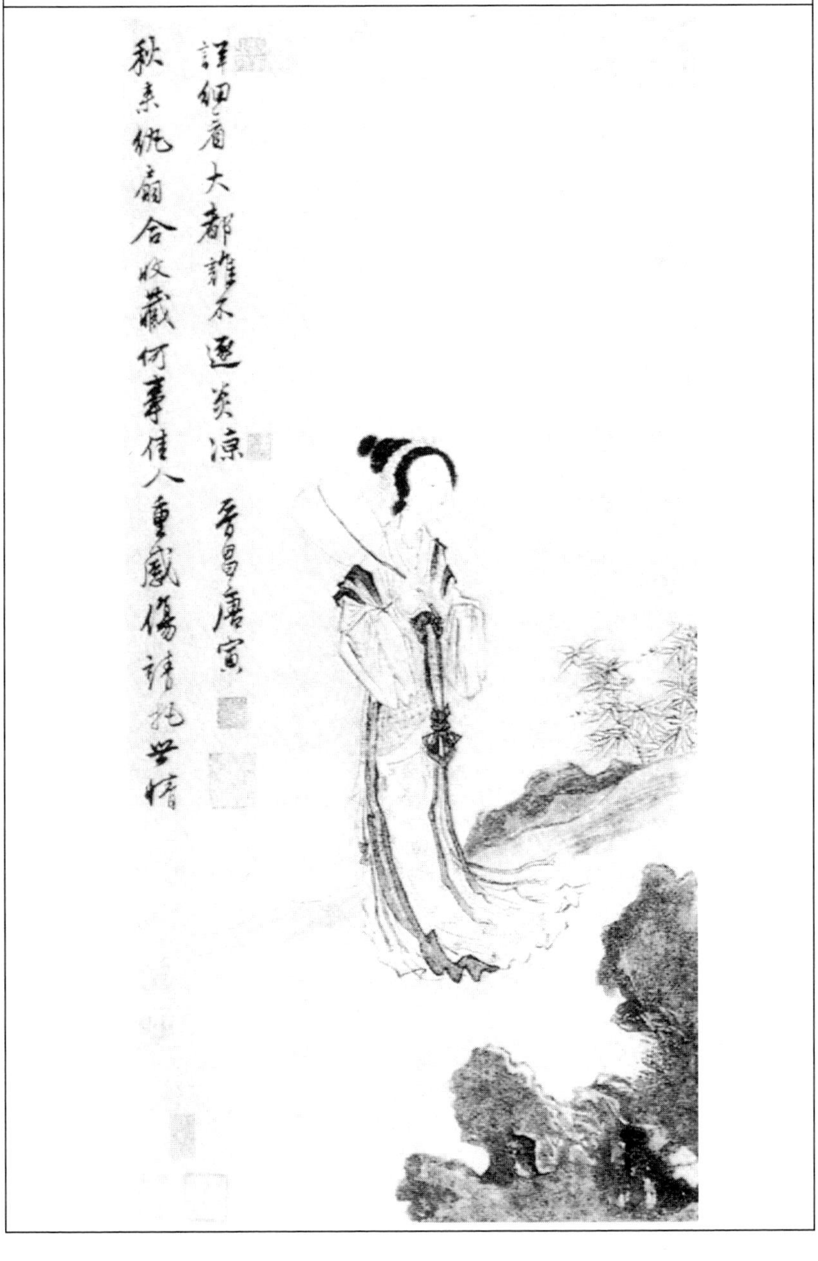
秋來紈扇合收藏何事佳人重感傷請把世情
詳細看大都誰不逐炎涼　晉昌唐寅

圖 122：明・唐寅《嫦娥奔月》軸　台北故宮博物院藏

月中玉兔擣靈丹卻被神娥竊一丸
從此凡胎變仙骨天風桂子跨青鸞
吳郡唐寅畫并題

圖 123：明・唐寅《嫦娥執桂圖》軸　美國大都會美術館藏

圖 124：明・唐寅《杏花仕女圖》軸　瀋陽故宮博物院藏

圖 125：明・沈周《鳩聲喚雨》軸　台北故宮博物院藏

圖 126：明・沈周《雙烏在樹圖》軸　台北故宮博物院藏

圖 127：明・沈周《慈烏圖》軸　民間收藏

圖 128：明・沈周《雪樹雙鴉圖》軸　上海博物館藏	圖 129：明・沈周《枯木鸜鵒圖》軸　揚州市博物館藏

圖 130：明・沈周《菊花文禽圖》軸　日本大阪市立美術館藏

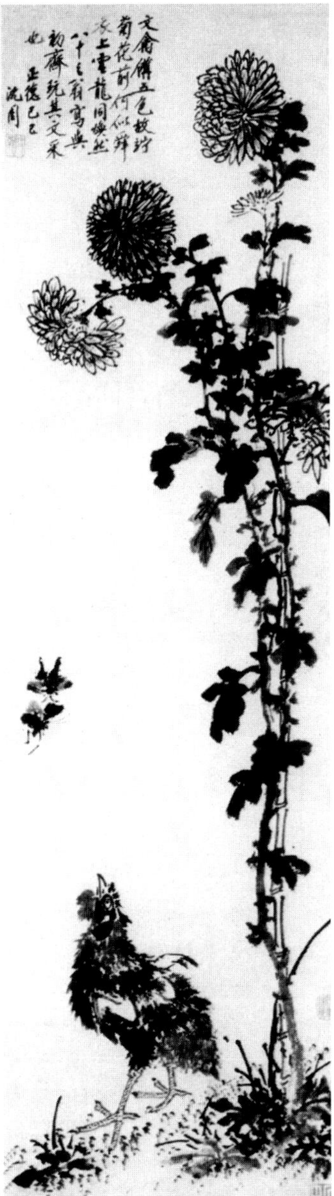

圖 131：明・文徵明《枯木雙禽圖》軸　天津市藝術博物館藏

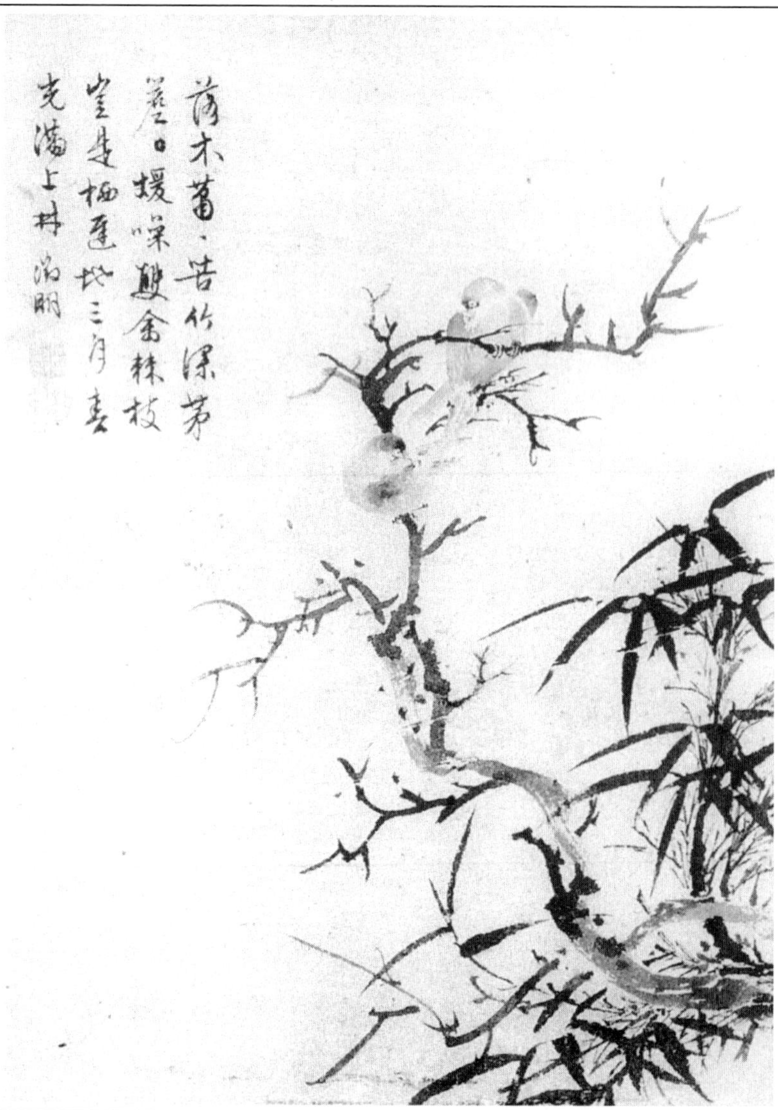

圖 132：明・沈周《蠶桑圖》軸　北京故宮博物院藏

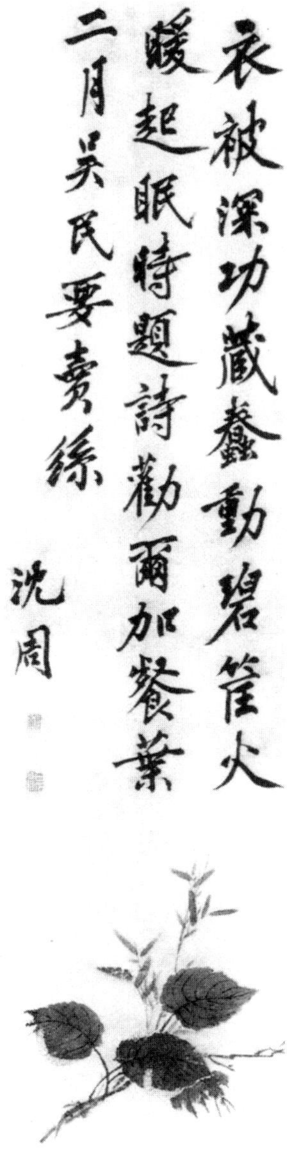
衣被深功藏蠶動碧筐火
暖起眠時題詩勸爾加餐葉
二月吳民要賣絲
沈周

圖 133：明．沈周《蠶桑圖》扇　北京故宮博物院藏

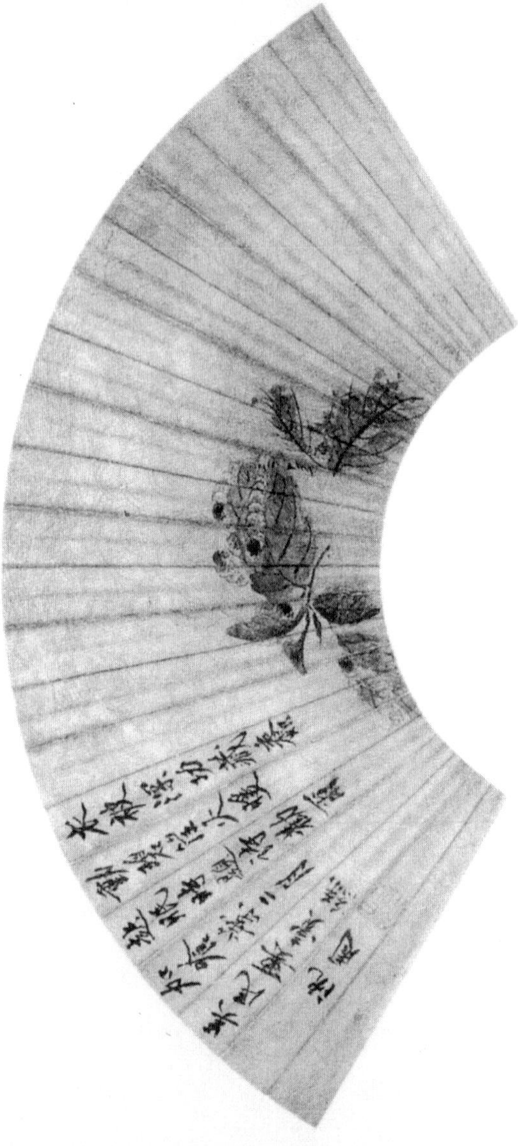

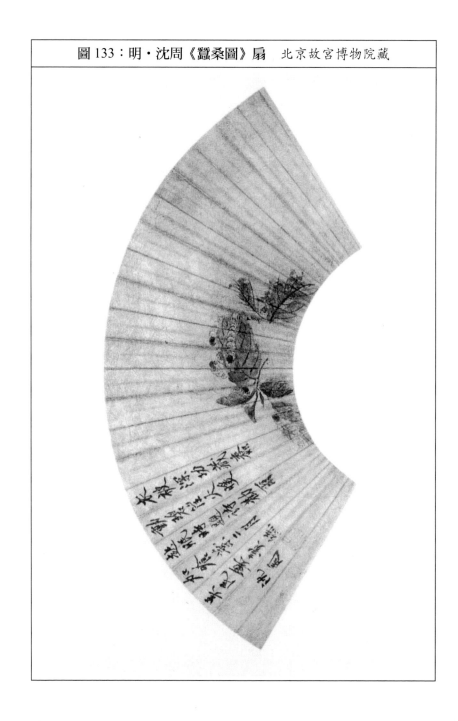

圖 134：明・沈周《古松圖》軸　台北故宮博物院藏

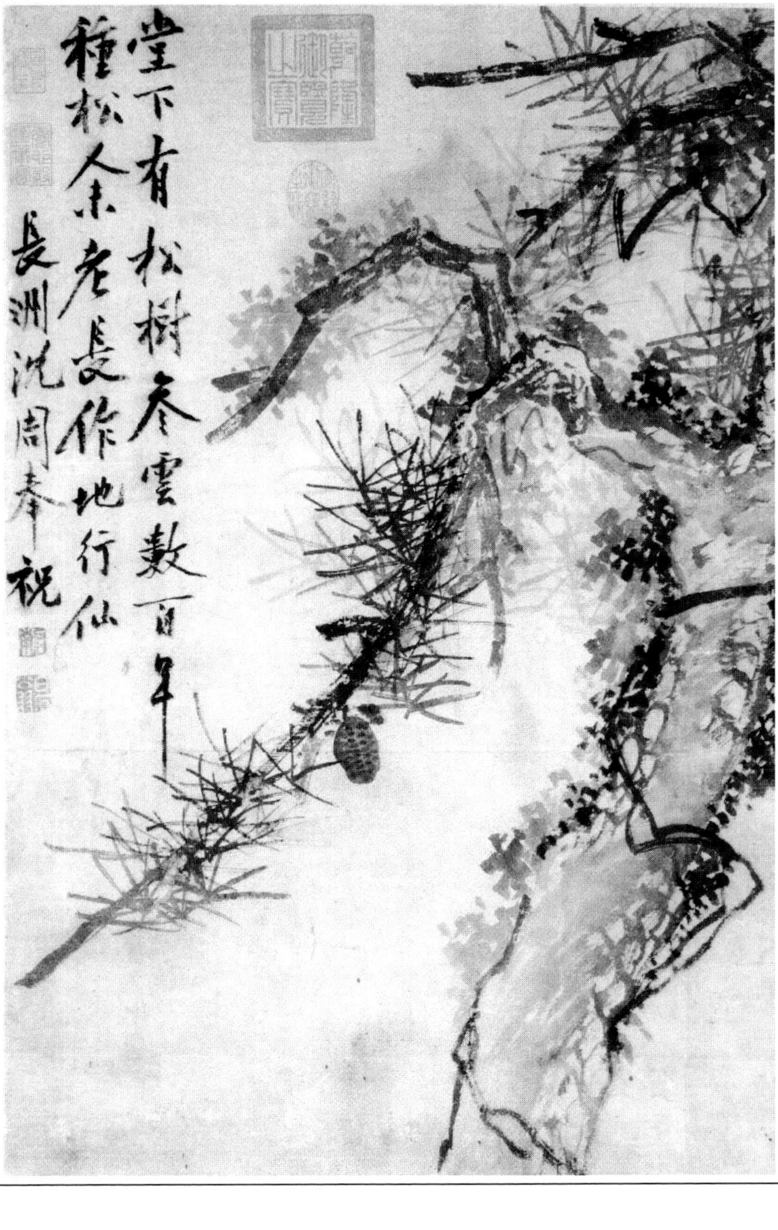

圖 135：明・沈周《雙松》軸　台北故宮博物院藏

圖 136：明・唐寅《李端端圖》軸（一作《李端端落籍圖》）
南京博物院藏

善和坊裏李端端信是
能行白牡丹誰信揚州金
滿市臙脂價到屬窮酸
唐寅畫并題

圖 137：明・唐寅《灌木叢篁圖》軸　台北華叔和先生藏

圖 138：明・唐寅《灌木叢篠圖》軸　收藏單位不詳

圖 139：明・唐寅《灌木叢篁圖》軸　山東煙台市博物館藏

圖 140：明・唐寅《葦渚醉漁圖》軸　美國顧洛阜先生藏

圖 141：明・文徵明《停雲館言別圖》軸　日本橋本末吉藏

圖 142：明・文徵明《松石高士圖》軸 天津市藝術博物館藏

圖 143：明・文徵明《松下觀泉圖》軸　台北故宮博物院藏	圖 144：明・文徵明《山水》軸　台北故宮博物院藏
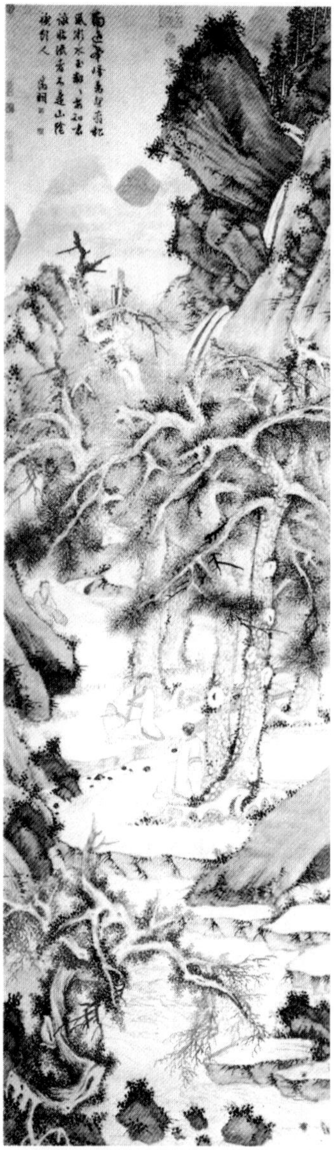	

圖 145：明・文徵明《雜畫（四段）》卷　第一段《梅竹雙禽》
北京故宮博物院藏

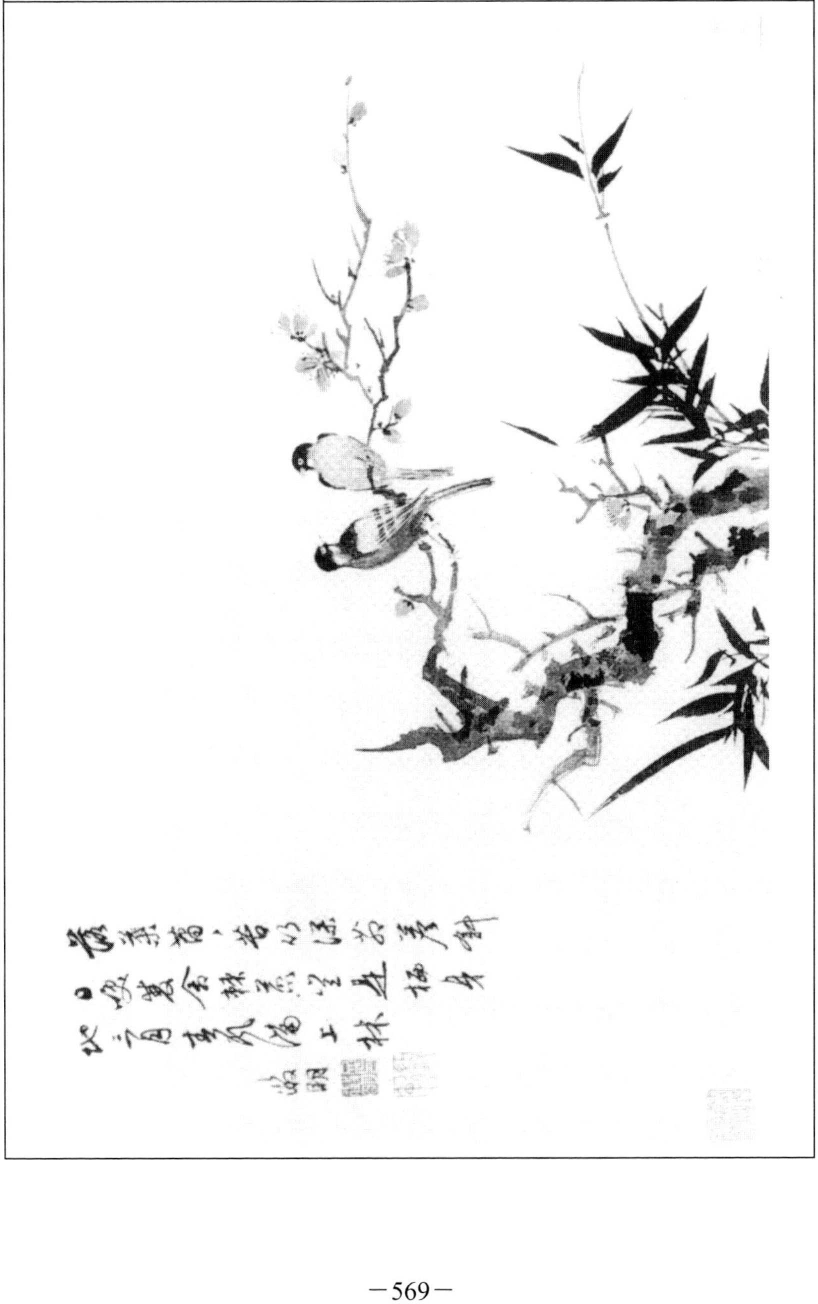

圖 146：明・文徵明《雪山跨蹇圖》軸　廣東省博物館藏

圖 147：明・文徵明《雪山覓句圖》軸　瀋陽故宮博物院藏

圖 148：明・文徵明《雪滿群峰》軸　台北故宮博物院藏

圖 149：明・文徵明《雪景》軸 台北故宮博物院藏	圖 150：明・文徵明《雪景》軸 台北故宮博物院藏

圖 151：明・文徵明《雪景》軸　台北故宮博物院藏

圖 152：明・文徵明《雪歸圖》軸　台北故宮博物院藏

圖 153：明·沈周《三檜圖》卷（部份）　南京博物院藏

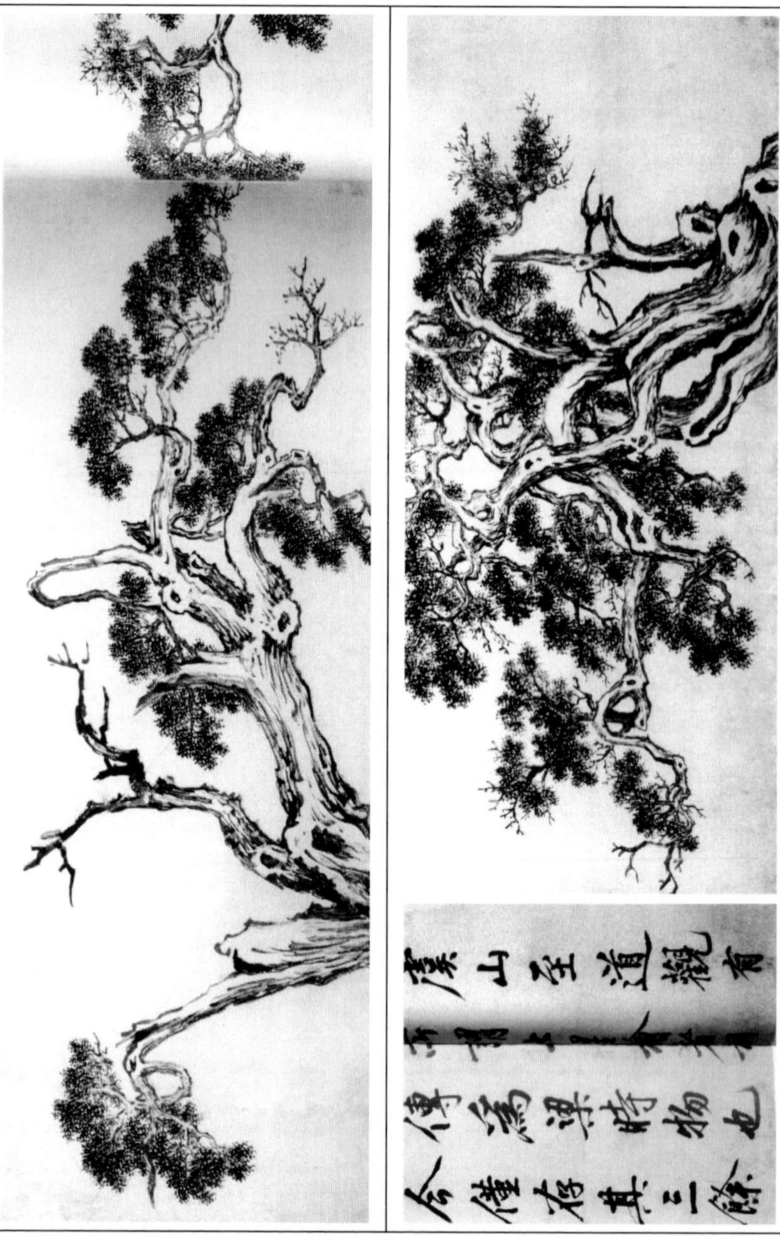

圖 154：明・沈周《椿萱圖》軸　安徽省博物館藏

圖 155：明・唐寅《四旬自壽山水》軸　民間收藏

圖 156：明・文徵明《金山圖》軸
台北故宮博物院藏

圖 157：明・唐寅《品茶圖》軸
台北故宮博物院藏

圖 158：明・沈周《山水》軸　台北故宮博物院藏

圖 159：明・唐寅《山靜日長圖》軸　台北故宮博物院藏

圖 160：明・唐寅《松溪獨釣圖》軸　台北故宮博物院藏

圖 161：明・文徵明《疏林茆屋》軸　台北故宮博物院藏

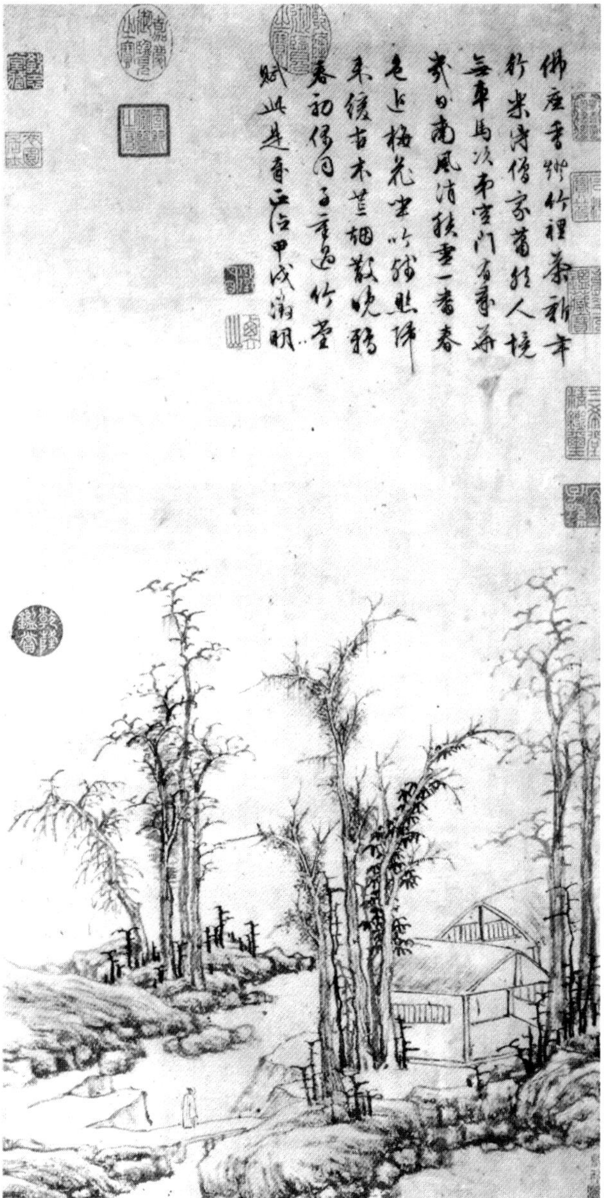

圖 162：明・文徵明《燕山春色圖》軸　台北故宮博物院藏

圖 163：明・文徵明《蕉陰仕女圖》軸　台北故宮博物院藏

圖 164：明·文徵明《蒼崖漁隱》軸　台北故宮博物院藏

圖 165：明・文徵明《春雲出山圖》軸　台北故宮博物院藏

圖 166：明・仇英《雲溪仙館圖》軸　台北故宮博物院藏

圖 167：明・仇英《仙山樓閣圖》軸　台北故宮博物院藏

圖 168：明・仇英《修禊圖》軸　台北故宮博物院藏

圖 169：明・文徵明《蘭亭修褉圖》軸　台北故宮博物院藏

圖 170：明・沈周《金粟晚香圖》軸　台北故宮博物院藏	圖 171：明・文徵明《江南春圖》軸 台北故宮博物院藏

圖 172：明・文徵明《春山煙樹》軸　台北故宮博物院藏	圖 173：明・唐寅《杏花》軸　台北故宮博物院藏